「守ってみせる。
殺す事でしか守れないなら、
僕は――」
JN132225

荻野知聡
「復讐屋」を生業とする青年。
かつては医者として多くの人の命を救っていたが、
異世界転生時に授けられた天職は「暗殺者」。
ミル
常に知聡に寄り添う少女。
彼と深い信頼関係で結ばれており
「そーごほかんかんけー」が口癖。
その正体は■■■。

ニーネ・イペム
新米冒険者の少女。
猫のような耳と目を有する
獣人であり、天職は「戦士」。
とある依頼から知聡と知り合うことに。
エミィ・ソーントン
盲目の少女。天職は「魔法使い」で、
ガーゴイルのルソビツとともに、
砂漠にそびえる塔で暮らしている。
イマジニット
知聡が出会った「商業者」。
さまざまな商売に手を伸ばしており、
知聡の行く先々でその名を
聞くことになる。

「あ、ありがとう！
その、助けて、くれて」
立ち去ろうとする俺を、ニーネが呼び止める。
体ごとではなく視線だけ彼女に向けると、
獣人の少女は顔を赤らめながら、
少しだけはにかんだ。

暗殺者は黄昏に笑う 1

Assassin Laughs at Twilight

Author + メグリくくる
Illust + 岩崎美奈子

Assassin Laughs
at Twilight

CONTENTS 1

イラスト／岩崎美奈子

序章

すすの臭いに、俺は思わず顔をしかめた。

安く卸されていた蠟燭（ろうそく）だったが、安いものにはそれなりの理由がある、という事なのだろう。

燐寸（マッチ）を擦って、更に俺は別の蠟燭に火をつけた。ぼんやりとした明かりが、暗闇に灯（とも）る。すすの臭いを逃がすために窓を開けると、夜風が部屋の中に舞い込み、蠟燭の炎が揺れた。揺れる炎に合わせて、影も揺れる。その影は、俺の目の前の、あるものたちから伸びていた。

脂汗が、俺の額から流れ落ちる。俺はそれに構わず、眼前のそれに手を伸ばした。指先から返ってくる感触は、冷たく、そして多少の弾力があるものの、固い。指先でなぞって行くと、所々、いや、無数の裂け目、そして凹凸があった。俺は触れていたそれから手を放し、隣に置かれている別のものに手を伸ばす。

返ってくる感触は同じ。しかし、それは先程俺が触っていたものよりも、ずいぶんと小さかった。それはそうだろう。何せ八歳の男の子と、二歳の女の子だったものの体なのだから。

夜風が強まり、蠟燭の炎が更に揺れる。俺の眼前には、二体の遺体が置かれていた。

男の子はセナド、女の子はニッシーと言う名前らしい。生前は仲の良い《人族（ヒューマン）》の兄妹だったそうだ。だが生きていた頃の面影はもはやどこにもなく、綺麗（きれい）だったであろう金髪は、土と砂利と乾燥して固まった血で、まるで出来の悪い挽肉洋麺（ミートパスタ）のようになっている。

俺は手にした解剖刀（メス）で、その体をゆっくりと解剖（開い）していった。

遺体は共通して、俺が先程なぞった裂け目と凹凸、鋭器損傷と鈍器損傷が見られる。この兄妹の死因は、まず間違いなく二人以上の集団暴行による外傷性ショック死。全身に多数の皮下出血、挫裂創などが見られ、挫滅症候群がショックの原因だろう。

それに加えて、兄のセナドには長管骨骨折、妹のニッシーには肋骨（ろっこつ）骨折と頭蓋骨骨折に、新旧の硬膜下血腫が確認出来た。ニッシーの方が骨折などの症状が見られるが、外傷はセナドの方が酷（ひど）い有様だ。

「チサト」

名前を呼ばれ脇を見れば、一人の少女が俺へ手巾（ハンカチ）を差し出している。手巾を握るその手は、陶器のように滑らかで、蠟燭の炎が映える白さをしていた。

礼を言って手巾を受け取ると、少女は稲穂のような髪を揺らして、碧色（へきしょく）の瞳で俺を見つめる。

「かいぼー、じゅんちょー？」

「ああ、大体わかったよ。ミル」

少女の頭を撫でようとして、自分の手が血まみれである事に今更ながらに気が付く。ミルから受け取った手巾は血が滲み、それで拭った俺の顔は、きっと血で彩られた死化粧のようになっているに違いない。

俺は苦笑いを浮かべ、手袋を脱ぎ捨てた。同じく鮮血塗れの前掛けも剥ぎ取り、手巾と一緒に籠の中に放り込む。解体部屋に備え付けた洗面台の蛇口を捻り、手と顔を水で洗った。洗面所の鏡を、俺は覗き込む。鏡に映った黒髪黒瞳の顔は、間違いなく俺の物だった。

頬に付いた血を洗い流せたところで、俺は蛇口を捻り、水を止める。

手巾は駄目にしてしまったので、顔は服の袖で雑に拭った。髪などはそのうち乾くだろう。本当に最低限の身支度だけ整えて、俺は別の部屋へと向かう。

兄妹の遺体をこんな夜中に俺の下へ運び込んで来た、依頼人と会うためだ。部屋に向かう途中、木造の家の床が軋んだ音を上げた。

「そ、それでどうだったんだ？」

「結果は？　結果はどうなったの？」

部屋に入るなり、俺は椅子から立ち上がった二人の男女、オズゲン夫妻に詰め寄られる。無精髭で髪を短く刈り上げている夫の名前はハミ、髪がボサボサな妻がエリーゼという名前だ。二人共セナド、ニッシーの兄妹と同じく、金髪をしていた。

　オズゲン夫妻は俺の目の前に立つと、一瞬顔をしかめる。水で洗っただけでは、濃厚な血の臭いは取れない。だが、ここにやってきた時に俺が二人にしたであろう表情だと考えると、怒る気にはなれなかった。俺の店にやってきた夫妻は相当酒臭く、そしてそんな二人を出迎えた俺は、もっと露骨に眉を顰（ひそ）めていたであろうから。

　とはいえ、俺も仕事のために猫を被（かぶ）る事は出来る。俺は二人に問いかけた。

「確か、ラット平野で死んでいたお子さんたちを見つけたんでしたよね？」

「そ、そうだ！　ラット平野の草原に、ニッシーにセナドが重なるようにして、倒れてたんだ！」

「きっと『小鬼（ゴブリン）』たちに襲われたに違いないわっ！」

　オズゲン夫妻の言葉に、俺は小さく頷（うなず）いた。小鬼は洞窟や木立に生息し、動物や人を襲う《魔物（モンスター）》だ。囲まれなければ基本的に無害だが、俺たちが今いるグアドリネス大陸の東部にあるラット平野にも、野生の動物に紛れて小鬼は生息していた。

　そしてラット平野は、オズゲン夫妻が居を構えるマーヴィン村のすぐそばにある。

「そうですね。遺体を拝見させて頂いた限り、お子さんたちは小鬼に襲われた可能性が高いでしょう」

　ラット平野は魔物の数も種類も限定的で、生息しているのは洞窟近くに限られる。子供だけで迷い込まなければ危険はないが、運悪くセナド、ニッシーの兄妹は小鬼の巣の近くに立ち入ってしまったのだろう。奴(やつ)ら一四一四は大した脅威ではないが、性格は狡猾(こうかつ)で残忍。そしてよく群れ、巣を拠点として活動している。身長は大きくて人族の子供ほどで、力もそれに類するが、道具を使う知能も有しているのだ。

遺体にあった鋭器損傷と鈍器損傷の大きさから考えて、小鬼が手にした道具で兄妹の体を傷つけたと見て、ほぼ間違いないだろう。

俺の見解を聞いたオズゲン夫妻は、両手を取り合い満面の笑みを浮かべた。

「ほら、やっぱりオレの言った通りだろ！」

「ええ、そうね！　この診断があれば『冒険者組合(ギルド)』に小鬼退治を頼めるわっ！」

オズゲン夫妻の反応に、俺は訝(いぶか)しげに眉を寄せた。確かに、彼らが俺に依頼した検死、そして解剖の結果から、自分たちの子供の仇(かたき)はほぼ特定出来たと言っていいだろう。だが、子供の仇が判明したのであれば、その親は普通激怒し、自分が子供の仇討(あだう)ちをしようとするものではないだろうか？

……まぁ、いいか。今回の仕事は、検死、そして解剖までだ。

これ以上、金にならない違和感に悩んでいても仕方がない。仕事(ビジネス)の話をするとしよう。

「それじゃあ、お代を頂きましょう」

「そ、そうだな。いくらなんだ？」

「二人合わせて、二千シャイナになります」

「な、何だって！」

俺の言葉に、ハミが驚愕の表情を浮かべる。それを全く気にした素振りを見せず、俺は淡々と言葉を紡いでいく。

「ああ、シャイナをお持ちでないのなら、うちはイオメラ大陸の主要通貨であるユマヤにも対応してますよ。他にもネフチャやペネッツ、ああ、流石にジャエリとドゥキシストには対応していないので、その場合は純金などに変換してからの支払いとなりますが」

俺の言葉に、ハミは下唇を噛んで俯いた。グアドリネス大陸の平均年収は、約四万五千シャイナと言ったところだ。それから考えれば確かに高いと感じるかもしれないが、俺も生活がかかっている。それに、俺の診断書があるのとないのとでは、冒険者組合の依頼の受け方が変わってくるのだ。

『冒険者』も、信頼出来る依頼を受けたいに決まっている。小鬼退治だと思って引き受けた依頼で、『鬼』が出て来たのでは、命がいくつあっても足りはしない。

村や町からの依頼ではなく、オズゲン夫妻のような個人の依頼は、そもそも信頼度が低いので冒険者組合でも引き受けてもらいにくい。

そして信頼は、金で買える。

その方法は二つ。依頼料を上乗せするか、第三者に依頼の信憑性を担保してもらうか、だ。今回は、後者に当たる。そのための、二千シャイナだ。俺は更に口を開く。

「今なら俺の方で、冒険者組合の依頼書も作りますが？」

ハミは舌打ちをして、俺に紙幣と硬貨を突き出した。数えるのが面倒だが、その手間は気にならない。金は金だ。俺は二千シャイナを間違いなく受け取った事を確認すると、僅かに口元を緩める。

「毎度あり」

「……死体漁り（あさ）の分際で」

「ちょっと！　やめなよ、アンタっ！」

オズゲン夫妻の言葉が聞こえていなかったかのように、俺は依頼書を認（したた）め始めた。金さえもらえれば、俺は何も言う事はないし、どう言ってもらっても構わない。

俺は書き終えた依頼書を、夫妻の目の前で読み上げ始めた。

「さて、依頼書が出来ましたよ。依頼はセナド・オズゲン、ニッシー・オズゲンの兄妹を殺害した小鬼の退治。小鬼の数は、遺体の損傷と傷の種類から、推定十四から十五匹で――」

そう言った所で、オズゲン夫妻は露骨に狼狽（ろうばい）し始めた。

「ちょ、ちょっと待てよ！　十四？　十五匹？　五匹ぐらいじゃないのか？」

「そうよ！　それじゃあ冒険者組合への依頼料が増えちゃうじゃないっ！」

確かに討伐対象が増えれば冒険者組合への依頼料は変わる。しかし、それこそ俺にとっては関係ない事だ。

「……では、どうします？　冒険者組合ではなく、俺にお子さんたちの復讐を依頼しますか？　うちへの依頼なら、冒険者組合より安くしておきますよ？」

　依頼料を気にしているのかと思い、そう提案してみたのだが、俺の提案に二人は全力で首を振る。

「それは困る！　正規の『組合』じゃないと駄目なんだ！」

「そうよ！　ワタシたちの足下を見て、ふっかけてるんじゃないの？　もう一度ちゃんと死体見てきなさいよっ！」

「そうだそうだっ！」

　がなり立てるオズゲン夫妻の言葉に、俺は盛大に溜息をついた。依頼された仕事とは関係ない話だと思い、先ほど覚えた違和感を脇に置いていたが、俺の診断自体にケチを付けるというのであれば、話は別だ。

「小鬼は三大欲求に忠実で、特に生存本能が強い。そして雄雌いるが、種族関係なく繁殖出来るため、別の種族であっても、生きた人族なら自分の巣へ持ち帰ろうとする」

「……何？」

「それがどうしたっていうのよっ！」

「……だから、なんであんたらの息子娘は小鬼の巣じゃなくて、ラット平野の草原で倒れてたんだ?って話をしてるんだよ」

急に態度が変わった俺に、オズゲン夫妻は鼻白む。そんな二人に構わず、俺は自分の診断結果から導き出される考察を口にした。

「兄妹が生きていたら、小鬼は間違いなく自分たちの巣に持ち帰っていただろう。だが、持ち帰らなかった。持ち帰る必要がなかったからだ」

俺が何を言いたいのか察したように、オズゲン夫妻の顔が蒼白になる。

「そう、既に死んでたからだよ」

「な、なら、どうやってあの二人は小鬼の巣の近くに行ったっていうんだ!」

「そ、そうよ! 二人共死んでたのなら、無理に決まっているじゃない!」

「誰が二人共死んでた、なんて言ったんだ?」

俺は、必死の弁解をしようとしている二人を嘲笑う。

「ラット平野に行く前に死んでいたのは、妹のニッシーだけだ。日頃の虐待が行き過ぎて、お前たちはニッシーを誤って殺してしまった」

恐らく、日常的に虐待は兄妹に行われていたのだろう。そしてその暴力は、まだ幼い妹を中心に猛威を振るっていたに違いない。乳幼児の頭蓋骨骨折、肋骨骨折は、多くの場合虐待によるものだ。また、新旧の血腫も虐待を疑うべき要素となる。兄の長管骨骨折も同様だ。

「お前たちは、さぞ動揺しただろう。その隙を狙って、セナドがニッシーの遺体を抱えてラット平野へと逃げ出した」

　そこで、小鬼に出会ったのだ。だが、虐待で出来た長管骨骨折の状態では、セナドも満足に抵抗出来なかったに違いない。

　しかし、必死に妹を守ろうとしたのだろう。

「だから、セナドはニッシーに重なるようにして倒れていたんだ。ニッシーよりセナドが外傷を受けていたのは、妹を守ろうと覆いかぶさったからに他ならない」

　いや、セナドはニッシーが死んだとは気づいていなかったのかもしれない。だからこそ小鬼はニッシーからセナドを引き剝がそうとして、致命傷を与え――

「そして、セナドも死んだ。こうして小鬼が巣に持ち帰る必要のない、子供二体の死体が完成した！　大方あんたらは虐待を隠蔽するために、自分の罪を小鬼になすりつけようとして冒険者組合へ依頼を――」

「だ、黙れ！」

「お、お金は払ったんだから、もういいでしょっ！」

　顔面を土色にしたオズゲン夫妻は、俺の手から診断書をひったくると、脱兎（だっと）のごとく部屋の外へと走り去る。その反応が、なにより俺の推理が正しかった事を如実に示していた。

　俺が肩をすくめていると、夫妻が出ていった扉からミルがこちらを見つめているのに気が付く。

「どうした？　ミル」

「におう」

「……何？」

言われて思い至るのは、俺が解剖したセナドとニッシーの兄妹の遺体だ。俺は右の手のひらを額に当て、特大の溜息をついた。

「あいつら、図星を指されて自分の子供の遺体を置いていきやがった……」

「くさい」

「わかってる！　どうにかするっ！」

どうにかすると言っても、まずは一つずつ片付けていくしかない。解体部屋の血は後で洗い流すとして、何よりも先に二人の遺体を弔う必要があった。

こういう仕事をしていると、死体の処理を任される事も多々ある。こういう時のために、俺は町の共同墓地の一角を買い取っているのだ。

共同墓地へ向かうため、俺は兄妹の遺体と円匙（シャベル）を荷台に載せる。ミルが『聖水（ホーリーウオーター）』を持って店の外に出てきた。聖水は死に関係する魔物に対して、絶大な効果を誇る。土葬にする場合、聖水を撒（ま）くのが、グアドリネス大陸の習わしだ。

「ろーそく。ひ、けした」

「助かる」

ミルが隣にやって来るのを待って、俺はゆっくりと一歩を踏み出す。荷台を引いて墓地に向かう中、俺は自分の手で解体したセナド・オズゲンに敬意を表していた。

……よく頑張ったな、お兄ちゃん。

俺も、お前のような生き方がしたかった。

墓地で二人を埋めるための穴を掘りながら、そんな詮無き事に思いを巡らす。横目で見ると、ミルが俺を手伝おうともせず、聖水を抱えたまま無表情に俺の事を見ていた。もはや嘆息する以外に、俺に出来る事はない。

無事に兄妹を土の下に眠らせ、ミルが手にした聖水をその場に撒く頃には、空はもう漆黒から瑠璃、そして曙色(あけぼのいろ)へとその表情を変化させている。

夜が、明けたのだ。

こうして俺は、今日という新しい日を墓地で迎える。

俺がやってきた異世界、アブベラントの一日が、また始まるのだ。

第一章

石畳の冷たい感触に、僕は思わずうめき声を上げた。全身の関節が軋(きし)んだように痛む。目を開けるが、そこには淡い青藍色をした空間が広がっているだけだった。鼻腔(びこう)を澄んだ空気が通り、肺を満たす。心地よくもあるが、少し肌寒い。

……ここは、一体どこなんだろう?

疑問に思いながら、僕は体を起こす。身を動かすが、体に違和感を覚えた。その違和感を置き去りに僕は額に手を当て、自分が覚えている記憶を呼び起こす。

……僕の名前は、荻野(おぎの)　知聡(ちさと)。医者。そう、医者だ!

記憶が徐々に鮮明に蘇(よみがえ)ってくる。僕は十五歳の時、交通事故で両親を亡くし、その事故で妹も意識不明の重体となったのだ。妹の嘉与(かよ)はまだ寝たきりで、目覚める気配がない。事故の後、引き取ってくれた祖父母の下で妹を治すために死ぬ気で勉強して、僕は医者になったのだ。

その後に僕が強烈に思い出すのは、あの日の記憶だ。今でも夢に見る、あの後悔と悔恨と悔悟の、過去の記憶だ。

……あの日、ようやく嘉与を治すための手術を行える事になって、僕が執刀医となって手術をする事になったんだ。でも、あの後地震が起きて、それで――

『お前は、死んだのだ』

その言葉に、僕ははっとして顔を上げる。そこにいたのは、黒衣に身を包んだ、嗄れた老人だった。

『ようこそ、アブベラントへ。強い未練を抱え、この世界で目を覚ました《転生者》よ』

「……何だって？」

言いながら、僕は老人との会話に違和感を覚えていた。そう、そもそも僕はこの御老人の言葉が理解出来ないはずなのに理解出来てしまっているという、強烈な違和感だ。

それが顔に出ていたのだろうか？　老人は、口を歪める。まるで熟れた毒林檎が弾けたかのようなその表情が、笑みを浮かべていたのだという事に僕が気づくのは、もう少し先の事になる。

『転生してすぐに《言語魔法》に気が付くとは！　久々に呼ばれたと思えば、これは大物がきよったわ』

「……転生？　それに、さっきあなたは、未練とおっしゃいましたね？」

『そうともそうとも。転生者、他の言い方が良ければ《異邦人》や《漂流者》でもよい。身に覚えはあろう？　でなければ、死してなおこの『三宝神殿（ラトナトラヤ）』で、その未練、後悔を最も抱えた瞬間の姿で目を覚ます事はあるまいて』

そう言われて僕は、自分の胸と顔を触る。体つきや、肌の感触が自分の知っているものと違い、若返っている。嘉与の手術をした、先ほど思い出した、僕が最大の未練を得たあの時の姿に戻っているのだ。

……先程体に覚えた違和感の正体は、そういう事か。

そう思いながら、僕は小さくつぶやく。

「……三宝神殿」

それが、この場所の名前なのだろうか？　しかし、それよりも気になる事がある。この老人の言った言葉が、僕の記憶が正しいのであれば、繋（つな）ぎ合わせて導き出される僕の状況は、一つしかない。

「僕は、死んだのか？」

その疑問に、老人は喜色の笑みで答えた。

『だから、最初からそう言っておるであろうが』

それから、老人が語った事は、僕にとっては到底信じられず、また受け入れがたいものだった。

僕は、既に死んでいる事。

そして強い未練を抱えて死んだ僕は、その当時の姿で転生者としてアブベラントという世界へやってきた事。

僕はアブベラントで生きていくために必要な事を、これから三年間、三宝神殿で学ぶ必要がある事。

このアブベラントで暮らす人々は皆、個々人の持つ才能に合わせた《天職（クラス）》が定められている事。

そしてその天職は、転生者である僕にも存在している事。

アブベラントで暮らす人々は、その天職を活（い）かした『職業（ジョブ）』に就く事が一般的である事。

『天職は、各大陸の神殿に勤める『司教』が占う。さて、三宝神殿の『司教』が占った結果、お前さんの天職は、一体何が出たと思う？』

「……あなたが、それを教えてくれるんですか？」

僕の問いかけに、老人は満足げに頷（うなず）いた。

『そうともそうとも。アブベラントには、転生者は、人族（ヒューマン）、《亜人（デミ・ヒューマン）》関係なく、色んな世界から、数ヶ月に一度程の頻度でこの三宝神殿にやって来おる。故に、新たにやって来た転生者には、その転生者と同じ天職を持った者が、この世界の仕組みなどを教える決まりとなっておるのよ』

「……では、あなたと僕は、同じ天職だ、と？」

『そうともそうとも』

その言葉に、僕は首を傾げた。繰り返すが、僕は生前医者だった。妹を治すために、誰かを助けるのが仕事だった。

だから僕は、天職の話を聞いた時、自分の天職は、医者かそれに類するものしかありえないと考えていたのだ。

でも僕は、自分と目の前にいる眉雪の彼が同じ天職だという事に、強い違和感を覚えている。

この御老人は、陰陽で言えば、間違いなく陰に属する人だと、僕の直感がそう告げていた。医者とは、正反対の立場にいる人だ。

……いや、会って間もない人を見かけで判断しては駄目だ。

僕は頭を振り、今自分が考えていた御老人への失礼な思考を振り払う。

「教えてください。あなたの、いえ、僕の天職は、一体何なんですか？」

老人は、笑った。また、あの笑みだ。熟れに熟れた、毒林檎。発酵して溜まった毒瓦斯は、かくしてその身を突き破り、猛毒の蜜とともに、僕に向かって溢れ出す。

『お前の天職は、《暗殺者(アサシン)》だ』

■■■■■■■■■■■■■■■■■■■■■■■■■■■■

荒い息を吐きながら、俺は寝台(ベッド)から飛び起きた。全身から脂汗が流れ落ち、俺は額を拭う。

……久々に、あの夢を見たな。

もう五年も前の出来事なのに、また夢で見るとは思わなかった。それでもあんな夢を見たのは、昨日仕事で俺が検死、解剖したのが、セナド、ニッシーの兄妹だったためだろうか？

頭を振って、俺は感傷も汗も振り払う。寝台から起き上がり、洗面所へ向かった。扉を開け、蛇口を捻(ひね)って顔を洗う。

ふと洗面所の窓を見ると、ミルが庭で昨日俺が血まみれにした衣類の洗濯をしているのが見えた。水洗いで血抜きは完了したのか、ミルの前掛け(エプロン)の柄が石鹸(せっけん)で出来た泡で見えなくなっている。洗濯の手を止めたミルが、急に俺の方へ視線をよこす。

「おはよう」

——兄さん。

幻聴だ。しかし、余りにも似すぎている。その印象は、一年前『地下迷宮（ダンジョン）』で出会った時から変わらない。

俺は窓を全開にして、ミルに挨拶を返した。

「おはよう」

「ほせない」

ミルが泡だらけになった俺の前掛けを、旗を掲げるようにして俺に見せた。ミルの身長では、物干し竿（ざお）まで手が届かないのだ。

しかし、そのミルの反応に、俺は首を傾げる。

「脚立はどうした？　あれがあれば、届くだろ？」

「こわれてた」

「……何？」

「いらいにん」

「オズゲン夫妻（あいつら）か！　地味な嫌がらせを……」

頭を抱えていると、ミルが早く来いと言わんばかりに、俺の前掛けをバシバシと上下させる。その反動で、水が飛沫（しぶき）を上げ、石鹸の泡は宙に舞った。

「ほせないと、ごはん、たべれない」

「……ちょっと待ってろ。着替えたらそっちに――」

「おなかすいた」

「わかった、わかったよ！」

汗だくになった寝巻（パジャマ）を脱ぎ捨てる暇もなく、俺は庭へと駆けだして行った。

ミルの傍（そば）に歩み寄ると、彼女は早く来いと言わんばかりに、俺の前掛けを上下させる。

俺はそれを無言で受け取ると、手の届かない彼女の代わりに物干し竿へ洗濯物を干していった。その俺を、ミルは澄んだ瞳で見つめる。

「ありがと」

「いいよ。お互い様だろ？」

「そーごほかんかんけー？」

「そうだな」

「おなかすいた」

俺は溜息（ためいき）をつくと、洗濯物を全て干し終え、洗濯物が入っていた空の籠を持って家の中へと戻る。その後ろを、ミルは無表情でついてきた。

「きょう、ちょーしょく、つくれない」

「脚立が壊れてるからな」

解剖や復讐（ふくしゅう）といった仕事以外、炊事洗濯などは全てミルに任せている。だがミルの身長では、台所に届かない。それを補うための脚立だったのだが、それは壊されている。

「いいよ。今日は僕が作る」

その言葉にミルは小さく頷くと、無言で朝食が並ぶ予定の机(テーブル)の前に椅子を寄せ、そこに鎮座した。俺はそれを横目に、着替えるきっかけを完全に失った寝巻の上に台所の袖に引っ掛けてあった前掛けをして台所に立つ。

燐寸(マッチ)を擦って、竈(かまど)に火を付けた。『魔道具』による調理器具もこの世界には存在するが、『魔道具』はどうしても値が張る。調理器具にまで『魔道具』に金をかけられるほど俺は金持ちでもないし、職業柄、同じ『魔道具』なら消耗しやすい『聖水(ホーリーウオーター)』や『回復薬(ポーション)』の方を買う事を優先する。便利は金で買えるが、肝心の金がなければどうしようもない。

……冷蔵、冷凍保存する『魔道具』ぐらいは、あったほうが良いかもな。死体の保管にも使えるし。

そう思いながら、俺は吊(つ)るしてある片手鍋(フライパン)に手を伸ばし、それに油を引く。片手鍋を竈で熱している間に、鹹豚肉(ベーコン)を包丁で少し肉厚に切った。

十分に温まった片手鍋へ切った鹹豚肉を投入すると、威勢のいい音と香ばしい匂いが広がる。肉汁が激しく片手鍋から弾けるのを横目に、俺は頃合いを見計らって鹹豚肉をひっくり返しつつ、網籠に並んだ卵を二つ手に取った。

……卵も、買い足した方がいいな。

片手鍋で卵を割り、中身を投入。二つの黄身が片手鍋の上で滑り、その後を熱せられて凝固した白身が走っていく。黄身も白身もある程度固まった所で片手鍋に俺は向かい、包丁を入れる。卵と鹹豚肉を片手鍋から少し剝がすと、俺は片手鍋を振って中身をひっくり返した。いわゆる、両面焼きという奴だ。

後はもう焼けるのを待つだけなので、俺は片手鍋を竈に置くと、棚から皿を二枚、肉叉を二本取り出す。

そして片手鍋を竈から上げて中身を包丁で二等分にし、それぞれ皿の上へと移していく。焦げ目がついた肉のいい匂いが鼻孔をくすぐり、見た目も黄色と白色の彩りが美しい。塩胡椒で味を追加しなくても、鹹豚肉自体の味で十分だろう。

俺は朝食が載った皿と肉叉を二人分持って、ミルの待つ机へと向かっていく。

部屋に入った俺を、無表情のミルが一瞥した。

「やいたもの、だけ」

「嫌か？」

「たべたい」

「じゃあ、そうしよう」

ミルと俺の前に朝食を並べると、ミルは色白の手を合わせた。

「いただきます」

俺も同じ言葉をつぶやき、自分の作った朝食を口に運ぶ。厚く切った鹹豚肉が口の中で弾け、肉汁が溢れ出す。卵も香ばしく焼き上がっており、歯と歯で噛んだ時の感触が楽しい。自分の作った朝食に満足しつつ、俺は目の前で一心不乱に鹹豚肉にかぶりつくミルへ問いかけた。

「そう言えば、もう買い置きの卵がなくなりかけてたな」

「それは、たいへん」

「脚立も買う必要があるから、食材も一緒に買い込むか」

「さかな、たべたい」

「魚？　まだ塩漬けが残っていただろ？」

「なまがいい」

「生魚？　だが――」

「チサトは、やらなくていい」

そう言ってミルは、黄身で少し汚れた自分の唇を拭った。

「だいじょーぶ。ワタシが、しめる」

「じゃあ、お願いするよ」

そう言って俺は苦笑いを浮かべながら、肉叉を動かし始めた。

「さぁ、どうだいどうだいこの剣は！　強靭（きょうじん）凶悪な魔物（モンスター）も、これで一太刀入れれば必勝間違いなし！　こいつなら《技能（スキル）》の威力も、各段に上がる事間違いなしだぜっ！」

「三宝神殿（ラトナトラヤ）で清めた聖水だよ！　正真正銘の祝福された水が、今なら二割引き！　仲間の弔いも、死せる魔物の討伐依頼を受けるにも、こいつは絶対欠かせない一品だよ！」

「『開拓者街道（パイオニアレーン）』に挑もうってんなら、回復薬は必需品！　十個まとめ買いをしてくれた人には、なんと回復薬をもう一つおまけしちゃうぜっ！」

「『魔道具』、『魔道具』はいらんかね？　こいつがあれば、《魔法》の適性がない『冒険者』でも、《魔法》の力の一端を扱えるよ！　こいつがあれば、受ける依頼の成功率も跳ね上がるってもんさ！　『魔道具』、『魔道具』はいらんかね？」

喧騒（けんそう）に次ぐ喧騒。罵声と怒号、そして喝采が入り交じる。

褐色の肌をした人族（ヒューマン）が開く露店を虎の顔をした亜人（デミ・ヒューマン）が物色し、狼（おおかみ）と豹（ひょう）の面影がある亜人たちが値引き交渉で白熱した議論を交わす。肌の黒い人族と耳の尖（とが）った《妖人（エルフ）》が装飾品を冷やかし、《地人（ドワーフ）》の言葉を神妙な面持ちで色白の人族が頷（うなず）きながら聞いていた。その脇を、兎耳（うさぎみみ）の亜人と人族の夫婦が通り過ぎていく。

今日も今日とて、俺たちが住む町、ドゥーヒガンズは騒がしい。

壊された脚立と食材を買いにミルと町へ出て来ただけなのだが、町の熱気に飲まれてしまう。俺たちが今いるのは北東方向に延びる大通りだが、生魚、特にまだ生きている活魚が手に入るのは富裕層が住む区画沿いの北西側の大通りまで行く必要がある。

ミルが迷子にならないよう俺の袖を掴(つか)んでいる事を確認すると、俺はやって来た異世界に、アブベラントに思いを馳(は)せた。

このアブベラントには、俺のような転生者(レインカーネーター)がたまに紛れ込んでくる。しかし、転生者が現れるのは決まってここ、グアドリネス大陸の三宝神殿と相場が決まっており、アブベラントの南西に位置するこの大陸は、別名『訪れる大陸(ヴィジティング)』とも呼ばれていた。

グアドリネス大陸から別の大陸へ移動するには海路と陸路の選択肢があるが、海路を使えるのは船を所有する一部の富裕層ぐらいで、一般的には陸路を通るしかない。そしてその唯一の陸路、開拓者街道の最寄り町が、このドゥーヒガンズというわけだ。

ドゥーヒガンズは、この大陸から開拓者街道を通って出ていく人が最後に立ち寄る町であり、新しくこの大陸に訪れた人が最初に訪れる町となる。そうなれば自然とこの町には開拓者街道を通ってきた貿易品が集まり、その護衛や開拓者街道に出る魔物を狩ろうとする『冒険者』も集まって来る。そして集まった『冒険者』を相手に色を売る人々も更に集まって来た。ここが流通町として栄えるのは、ある意味必然と言えば必然であった。

結果として、ドゥーヒガンズはグアドリネス大陸にある冒険者組合(ギルド)と『商業者組合』の最大規模の支店を構える町に成長したのである。そしてそれら二つの支店が町の中心に存在し、そこから延びる大通りは、そのまま町の出入口にもなっていた。大通りは北西、南西、南東、北東と延びて、東西南北にドゥーヒガンズを四分割している。

「にしは、かねもち」

これから向かう場所だからか、ミルはそうつぶやいた。その言葉に、俺は小さく頷く。

西側の町並みは、この町で一番美しい。煉瓦（れんが）造りの建物が多く、道も舗装されている。富裕層が住んでおり、台所だけでなく街灯も『魔道具』が使われていて、治安もいい。

「きたは、ふつー」

ミルの言葉通り、北側にはそこそこ稼ぎのある『冒険者』や『商業者』が住んでいる。ドゥーヒガンズの中で一番面積が広い区画がここで、木造の建物が目立つ場所だ。早く西側に住居を構えたいと思っている奴らが、わんさかいる。

「みなみは、えろい」

南側は色町となっている。建物の外見も美しく、木造だけでなく煉瓦造りのものも多い。夜は常に鮮やかな光に満ちているが、街灯は『魔道具』ではない。費用を抑えるため炎色反応や借金のある《魔法使い（ウィザード）》の《魔法》、つまり人力で賄っていた。

昼間は人通りは少なく、夜は客引きの娼婦（しょうふ）や男娼（だんしょう）で溢（あふ）れている。住人の多くが娼婦や男娼だが、彼らの住む家は入り組んだ道の奥。以前ミルと住んでいたからわかるが、家の殆（ほとん）どは隙間風の吹く木造だ。少し裏通りに入れば家賃は安くなるが、治安は悪くなる。

そして、今俺たちが住んでいる東側は——

「ひがしは、びんぼー」

あけすけなミルの言葉に、俺は苦笑いを浮かべるしかない。だがミルの言葉は事実だ。

町の東側は、貧困層の居住区だ。建物は雨風を凌ぐのすらきついものも珍しくない。住人の殆どが本当に駆け出しの金のない『冒険者』や全く後ろ盾のない『商業者』、そして借金返済にあえぐ人々で、治安が良いと言えるわけがなかった。

だがドゥーヒガンズの墓地はこの東側の区画にしか存在しておらず、仕事のために俺は借金をして墓地に近い丘の上に木造の家を建てていた。

墓地が近いため教会もそこそこ建っている。のだが、この世界で生と死は隣り合わせ。別れを惜しんだ翌日に死者を送った方が送られる側になるのは、決して珍しくない。

ならば教会に金を払って式を出すのは無駄だという事で弔いは仲間内で行い、土葬にして聖水を撒くという文化がグアドリネス大陸に定着した。

結果、教会は経営難でどんどん潰れて、廃墟となる。潰れた教会の数に反比例するように日々死にゆく人々が埋葬されるため、ドゥーヒガンズの墓地は現在も絶賛拡大中だ。

そんな、男女だけでなく、種族、貧富、果ては生や色、そして死すらない交ぜにするドゥーヒガンズにも、ある程度の特色はあった。

それは——

「ひと、いっぱい」

「まぁ、アブベラントで魔物を除いた最大人口数を誇る種族は、人族だからな」

人族はその名の通り、俺のいた世界の人間と同義だ。一方亜人は人族と友好関係がある種族たちの総称の事で、妖人や地人も一括りに亜人と呼ばれる事が多い。

逆に、魔物とは、人族、亜人、そして動物以外の種族の総称の事で、独自の生態系を営んでいる。小鬼のように集落を作ったり、群れを成す事もあり、強力な魔物や、群れた魔物は村や町を滅ぼす事もある。そのため冒険者組合に討伐依頼が寄せられる事もあった。

また、言葉を交わせる魔物、例えば外見が人族そっくりで子供もなせる『屍食鬼』なども存在するが、殆ど意思疎通を行う機会はない。というか、出会う機会が稀だ。

……まぁ、人族と亜人の会話も、中々大変なんだがな。

アブベラントにやって来て俺が一番苦労したのが、言語の壁だった。

人口数の関係から、アブベラントでは人族の言葉を使ってやり取りする事が多い。逆に言うと、人族の言葉が理解出来ないのであれば、この世界で会話するのは難しいという事になる。亜人との会話は、彼らの言語を理解していなくても何とかなった。

そこで俺はこの世界で、まず先に人族の言葉を覚える事に全力を注いだ。だが、一度覚えてしまえば、アブベラントの言葉は国や大陸によって多少ばらつきがあるものの、この世界の人族の言葉は方言のようなものなので、人族同士の会話は何とかなる。

……俺も師匠みたいに、もっと《魔法》の素養が、特に言語魔法の素養が高ければ、楽出来たんだろうけどな。

今朝見た夢のせいか、今日はこの世界に来た日の事をよく思い出す。それは別の世界からやって来た俺に、まるで当たり前に会話を成り立たせたあの老人の事を想起させた。

このアブベラントには、当たり前のように《魔法》が存在する。

「まほー、つかってる」

ミルが見ている方向へ視線を送ると、大通りで『芸人（パフォーマー）』たちが客引きをしていた。その奥では、熊面の亜人が目を閉じ、何かを唱えている。そしてその目を見開いた瞬間、亜人の口から突然炎が噴き出した。

それを見て、俺はミルに尋ねる。

「《信仰魔法（ディバイン・マジック）》か、《自然魔法（エレメンタル・ソーサリー）》だな？」

「こーしゃが、せーかい」

アブベラントの《魔法》とは、ある手順を踏む事により、超常的な現象を引き起こす技の事だ。医者であった俺には、必要な薬を投与する事で、人間の風邪を治す治療のように見える。

医者は患者を診断し、必要な薬を選び、患者の風邪を治す。《魔法》も施行したい力を見極め、その力を引き出すための対象を選び、欲しい結果を引き起こすのだ。

力の引き出し先は言葉や、信仰や自然など、力を使役したい概念が選ばれる事が多い。

選択した概念から引き出す力が強いほど強力な《魔法》を使う事が出来る。引き出し方は修練で向上させる事が可能だが、その習得速度は天職（クラス）に左右されるのが一般的だ。

　師匠は《魔法》の適性があったようで、俺との最初の会話は、何かしらの言葉に関する力を使う《魔法》である言語魔法を使って通訳をしていたのだ。

　この《魔法》というのは基本的に人族は適性が低く、反対に亜人はほぼ間違いなく全員が適性を持っている。俺が先に人族の言語を覚えたのは、亜人が《魔法》を使えるのが理由だ。彼らは《魔法》でこちらの言葉も翻訳し、理解してくれる。

　無論、《魔法》の力は言語の翻訳だけに留（とど）まらない。芸人の亜人が放ったように、炎や風などを操る事も出来る。ミルの解説では、あの炎は自然から引き出された力という事だ。

　俺がそう考えている間にも、灼熱（しゃくねつ）のそれは一直線に宙を駆け抜ける。疾駆するその先には、飴色（あめいろ）の髪を束ねた半裸の女性が槍（スピア）を構えて舞いを踊っていた。紅蓮（ぐれん）の炎が彼女を飲み込もうとする刹那、女性の手にした槍から流れるような三連突きが放たれる。それは咄嗟（とっさ）に放ったというよりは、予（あらかじ）め録画していた映像を再生したかのような動きだった。

「すきる？」

「そうだな」

　ミルの言葉に、俺は頷きを以（もっ）て答えた。技能も《魔法》と同じく技の事だが、ある手続きを経験しておく事により、一定の現象を再現するという特徴がある。それはまるで、医者が過去に治療した経験の蓄積から、同じような病の患者を治療に導くのに似ていた。ボタン一つで電子カルテが起動し、類似疾患を瞬時に見つけ出せるような、そういう感覚だ。

技能は行使したい力を経験として蓄積し、その力を再現する。一度覚えた技能は気軽に再現出来るので、《魔法》のように適性に左右されない。しかし、習得スピードは天職に大幅に左右されるため、基本的には天職に準じた《技術》を習得していくのが一般的だ。無論、技能は積み重ねれば積み重ねただけ磨き込まれていくので、自分の天職に見合っていない技能も得られる。ただし、やはりその磨き込み速度も、天職に左右されてしまう。

槍が炎をかき消して、芸人たちの周りから拍手が起きた。まだ芸を披露出来るだけの経験がない駆け出しの少年たちが、見物料を得るために木箱を持って観客たちの間を回っていく。

だが、彼らのどこを見ても、本来あるべき印が見当たらない。

「ぎるど、ひかーいん？」

ミルが首を傾げた瞬間、甲高い笛の音が聞こえてくる。町の警邏に引っかかったのだ。

「お前たち、何をやっている！」

「ここでの商売は、組合の許可を受けた者だけが出来る決まりだ！　非会員は大通り以外の場所でやれっ！」

組合とは特定職業従事者団体の通称で、名前の通り、特定の職業に就いている者たちが集まり、情報を交換したり、初心者の支援や依頼の斡旋を行う団体だ。品物を卸す『商業者』や芸人たちは、一般的に商業者組合に属している事が多い。何かあった時にも組合が支援をしてくれたり、商いを補助するための仲間を紹介してくれたりする。

しかし、俺たちが見ていた芸人たちはどうやらそこに属していなかったらしい。胸に冒険者組合の印を付けた男たちが鬼の形相でこちらにやって来るが、芸人たちは慌てる様子もなく素早く撤収していく。どうやら組合に仲介料を払わずに商売をしている、常習犯のようだ。ひょっとしたら、小遣い稼ぎで芸人のふりをしている『冒険者』崩れなのかもしれない。危険な依頼を受けるより、町の中で安全に稼げる方法があるのなら、そういう生き方を選択するのも、その人たちの自由だ。

そんな非会員たちが逃げおおせた後にやって来た警備員たちが、そろって悪態を吐いている。その中に見知った顔がいたので、俺は思わず声をかけた。

「よぉ、ジェラドル。相変わらず冒険者組合の使いっ走りなんかやってんのか？」

「……チサトか」

俺の顔を見た頬に傷のある男、ジェラドル・ジョッタカスは露骨に舌打ちをした。天職は《騎士》だというのに、立ち振る舞いは相変わらず《盗賊》のそれだ。

「チサト、テメェ、何でこんなところにいやがる！」

「それはこっちの台詞だ。お前は警邏担当じゃなく、違法の『魔道具』取り締まり担当だろ？」

『魔道具』とは《魔法》の力が宿った道具の事だ。『魔道具』は何かしらの力を移管する《魔法》、《付与魔法(エンチャント・スペル)》によって《魔法》の力が込められている物が多い。『魔道具』の力をより体系化させて、一定の効力を発揮出来るようにしたものを《魔術》と呼んだりするが、そんな大掛かりな仕掛けを作る事は稀だ。『魔道具』を求めるのは《魔法》の適性が低い人たちが殆どで、だからこそ『魔道具』は高値で取引され、それ故に不正の温床ともなる。

ジェラドルが、盛大に溜息(ためいき)を吐いた。

「これも『魔道具』取り締まりの一環なんだよ。組合(ギルド)非会員の奴(やつ)らは、なんの効果もない盾を最強の盾だ！　なんていけしゃあしゃあとのたまいやがる！　まぁそれぐらいならまだ可愛(かわい)いもんだがな。テメェも回復薬(ポーション)の偽物でも掴(つか)まされればいいんだよっ！」

「誰が出所のはっきりしない『魔道具』なんて買うんだよ」

『冒険者』に必需品の回復薬や聖水(ホーリーウォーター)も『魔道具』の一種で、特別な力が込められている。特に聖水は弔いに必要な品であるため、俺は出所が三宝神殿(ラトナトラヤ)のもの以外、基本的に信用していない。他の『魔道具』を購入する際の考え方も基本的には同じで、出所が不明瞭なものは、絶対に信用してはいけない。

しかし、『魔道具』の取り締まりと言っても、基本的に警邏は組合非会員の取り締まりを行う別の部隊がいたはずだ。

俺はジェラドルに問いかけた。

「でも、本当に何でお前が警邏なんかしてるんだ？　魔法使い（ウィザード）大量誘拐事件は、この前解決しただろ？」

「ああ、《魔法》適性がある天職の人族（ヒューマン）、亜人（デミ・ヒューマン）を誘拐して、無理やり付与魔法でその力を盗む外道たちの事か。盗まれた側は《魔法》の適性がなくなる事はねぇ。が、それが逆に『魔道具』を量産するのに都合がいいってんで、拉致して人を家畜みたいに扱う、胸糞（むなくそ）悪い事件だったな！」

「で、それで出回った『魔道具』も一通り回収し終えたはずだろ？　幸い、あの事件では『呪術具』の存在まで確認されなかった」

「……それが、どうやら《妖術師（ウイッチクラフト）》がこのグアドリネス大陸に入ったって情報があったんだよ」

「何だと？」

『呪術具』とは死に対する力の《魔法》、《死靈呪法（ネクロマンス・カース）》で作られた『魔道具』の事だ。『呪術具』はその作成過程か『呪術具』の利用時に、多くの場合死人が出る、文字通り呪いの『魔道具』だ。例えば、『霊的喪屍（ゾンビ）』がそれに該当する。これは人の魂を切り取り、その魂に霊的喪屍を持つ人の不運や病、怪我（けが）なんかも押し付けるという、他人の魂を隷属させるような極悪なものだ。無論、そうなった魂は自分の肉体に帰れる事はもうない。しかし、そんな邪悪なものがそうそう出回っているわけではないので、実物を見た事がある人は殆(ほとん)どいないだろう。かく言う俺も、見た事がない。

そして、そんな『呪術具』を生み出せる死霊呪法の扱いに特化した天職の名が、妖術師である。《魔法》の中でも癒やしの力に特化した天職、《神官(プリースト)》とは違い、妖術師は故人との別れを司(つかさど)る役割も持っているが、その力が犯罪に使われるとなると、かなりの混乱が起こる事は想像に難くない。だが——

「まぁ、もう組合非会員である俺には、関係のない話だがな」

「テメェ！」

ジェラドルは激昂(げきこう)するが、俺は肩をすくめるだけだ。

「何で怒られなくちゃならんのだ？　別に組合の取り決めに違反して商売しているわけでもない。俺は『英雄(ヒーロー)』なんかじゃないんでね。俺に関係しないところで起こった事は知らん。ま、冒険者組合から非正規の依頼があれば、話は別だがな」

「金でしか動かねぇって言うのか？」

「いつもの事だろ？　誰しも出来る事と出来ない事がある。例えばそう、《天使族(エンジェル)》を誰も探し出せないようなものだ」

俺の言葉に、ジェラドルの眉が寄せられる。

「何で今、絶滅した種族の話が出てくるんだよ？　そりゃ、天使族なんて、今見つかったら凄(すご)い騒ぎになるだろ。なにせ天使族は全ての種類の《魔法》の素養が桁違いに高いって話だからな。太古の昔に消え去った《魔法》を狙い、大陸中を巻き込んで大戦争が起こるぜ」

「喩(たと)え話さ。出来る事と、出来ない事のな。絶滅と言えば、死に関する魔物(モンスター)であっても、聖水は『腐死者(ゾンビ)』や『吸血鬼(ヴァンパイア)』には効果があるが、屍肉(しにく)を喰(く)らう屍食鬼(グール)や『掠める女(ハルピュリア)』に対しては効果は限定的、いや、ほぼ効かないだろ？　どれだけ《魔法》の力で聖水に力を込めようとも、それは変わりがない。出来る事と、出来ない事はやっぱりあるのさ」

俺は自分の手の届く範囲で精一杯なんだよ、と言って、ミルの手を握る。

そしてジェラドルの肩を叩(たた)いて、俺はその場から離れるために歩き始めた。そんな俺の背中に、ジェラドルの罵声が叩き付けられる。

「だったら家に引っ込んで、いつもみたいに死体漁(あさ)りでもしてやがれ！　『復讐(ふくしゅう)屋』がっ！」

その言葉に、俺は肩をすくめて応えた。そして振り向きもせずに歩き続ける。

「かいもの、つづける？」

「ああ、そうだな」

ミルにそう頷(うなず)いて、俺は北東の大通りを西へ横切って、目的地の北西側の大通りに抜けようとした所で声をかけられた。

「なぁ、あんた。あんたか？　今『復讐屋』って言われたのは」

「……あんたは？」

不躾な質問に、俺の言葉に険が交じる。男は戯けるように肩をすくめた。

「ああ、すまない。私はイマジニット。ただのしがない『商業者』さ」

そう言ったイマジニットと名乗った男は『商業者』にしては体の線が細く見える。だが陰鬱な感じはせず、逆に『商業者』特有の客に向けるそれを浮かべて、彼は俺に笑いかけてきた。

「普段品物を卸す仕事は別の奴に頼むか、顔見知りに限って商売をしていてね。私の仕事は専ら仕入れなんだ。声のかけ方がまずかったのなら、重ねて謝るよ」

「……それで？　挨拶だけなら、もう先に進んでもいいか？　用事があるんだ」

「そんなに冷たくしないでくれよ。今度ひょっとしたら、仕事を頼むかもしれないと思ってね。『復讐屋』って事は、金次第で何でもやってくれるんだろ？」

「内容と、そして金次第だがな。殺しもするし、死体があれば殺した相手を見つけもする」

「どうやって？」

「死体を、解体するんだよ」

「そんな事をするのか！」

イマジニットがそう言ったタイミングで、ミルが俺の手を引く。

「もう行くぞ。仕事の話なら、具体的な案件と金を持ってこい」

それだけ言って、俺はミルを連れて北側の区画に向かって歩き始めた。ミルがイマジニットの方を一瞥し、小さくつぶやく。

「くさい」

その言葉が聞こえていなかったのか、イマジニットはこちらに向かって小さく手を振りながら口を開いた。

「ああ、またな『復讐屋』」

ミルはもう興味を失ったのか、俺と一緒に歩みを進める。俺も彼女と同じく、無言で歩いていた。

そう、俺の仕事は、復讐だ。

届けられた遺体を捌き、漁り、何故死んだのか、どう死んだのか、誰に殺されたのかを暴き立て、曝け出す。検視で事件性を確認し、検死で具体的な死因や死亡状況を判断し、解剖して更に詳細な死因、死体の損傷を見つけ出す。生を死に転換し、生を謳歌している者の命を奪い、死という終焉へ誘った相手を特定する。

そして依頼人が望めば、そうした相手もそうしてやる。そうする手伝いもしてやる。

それが誰かの助けになりたいと、嘉与を救いたいと医者になった俺がしている仕事だ。

死体漁りと揶揄される仕事だ。

しかし、どういうわけか俺の下には、『復讐屋』には仕事が定期的に舞い込んでくる。それは自分の手で仇を取りたいという依頼もあれば、自分の罪を誰かに擦り付けるために利用したいというものまで、様々だ。だが、一般的な理由は金がない、というのが殆どだ。冒険者組合に頼むより、俺に問題の解決を頼んだ方が安上がりなのだ。

中には俺の事を便利屋と勘違いした依頼も来るが、金に繋がるのであれば、俺は文句はない。ひょっとしたら、イマジニットはこっちの理由で俺に声をかけたのかもしれない。だが何れにせよ、金にならないのであれば俺は他人の命を見捨てる事をも厭わない。何せ俺には、出来る事と出来ない事があるのだから。

そして今日も、『復讐屋』の門が叩かれる。

「では、改めて依頼の内容を確認させてください」

「はい、わかりました」

そう言って、俺の前に座った人族の男が、人懐っこい笑みを浮かべる。茶色い髪の彼の名前は、ケルブート・ディイトン。自分の身の回りで起きた奇妙な事件の話を聞いて欲しいと昨日俺の下へやって来た、依頼人だ。

今日はミルと一緒に、ドゥーヒガンズの北側の区画にあるケルブートの住居まで話を聞きに来ていた。この場には俺、ミル、そして依頼人のケルブートに、彼の両親、そして彼の妻の六人が同席している。

俺は昨日聞いた話を思い出しながら、ケルブートに向かって口を開いた。

「確か、ご親族のお墓が暴かれた、という事でしたね。それも、複数回」

「ええ、そうなんです。ようやく《商人(マーチャント)》として独り立ちしようとした時期だったのですが、遺体もなくなったり、気味が悪くて……。このまま家を出たんじゃ、両親が心配で」

商人は、商いに長(た)けた天職(クラス)だ。ケルブートの父親の天職も商人という事で、親子二代の商人という事になる。両親の天職と子供の天職の間に因果関係はないらしいが、ケルブートの父親は息子が自分と同じ天職であると知った時、大層喜んだらしい。ケルブートも自分の父親を同じ商人として尊敬しており、自分の店を持つのが夢だったそうだ。そして彼は結婚もし、ようやく自分の夢が叶(かな)うという、ちょうどその最中に事件は起こったのだ。

俺はケルブートに質問を続けていく。

「失礼ですが、お弔いは、どのような形で?」

「土葬です。あ、でも遺体が腐死者になる心配はありませんよ。ちゃんと聖水も撒(ま)いてますし」

「その聖水(ホーリーウォーター)は、どちらでお求めになられたものでしょうか?」

先日会ったジェラドルの事が、脳裏を過(よぎ)る。偽物の聖水を撒いたとしても、期待する効果は得られない。だが、ケルブートは全く問題ないと言わんばかりに頷いた。

「ああ、聖水の出元を疑われているのですね。それなら心配には及びませんよ。ちゃんと三宝神殿(ラトナトラヤ)で清められたものを使っています。何せ、三宝神殿の近くにあるマーヴィン村から入手したものなので」

「マーヴィン村？」

俺は脚立を壊した夫婦と、そして彼らの虐待の末亡くなった兄妹の事を思い出していた。

だが、ケルブートは俺の言葉を、別の意味に取ったようだ。

「気にされているのは、何故ボクの口からマーヴィン村の名前が出たのか？　という事ですね。それは、ボクが今度独り立ちして店を構える場所が、マーヴィン村なんですよ」

「……なるほど。マーヴィン村で手に入れた聖水なら、間違いないでしょう。聖水の出元である三宝神殿の近くで偽物を売っても、直(す)ぐにバレてしまうでしょうから」

そう言い終えた頃には、俺の意識は既にケルブートの持ってきた依頼内容に向いている。

「確か、荒らされるお墓にも共通点があるんじゃないか？　という事でしたが？」

俺の言葉に、ケルブートが神妙な面持ちで頷いた。

「ボクの勘違いかもしれませんが、段々と、近づいてきてるんじゃないか、って」

「近づいてきている？」

「ええ。そこまで付き合いのなかった家の墓から、徐々にボクたちの親しい人たち、血族のお墓が荒らされて行っているように思えて……」

「そう言えば、最初に墓荒らしが起きた時期は、確か奥さんが妊娠された時と重なるとか」

「そうなんです。偶然の一致だと思うんですけど、それも不気味で……。妻も気味悪がってたんで、何度かボクと妻で墓地を交互に見張っていた事もあったのですが、怪しい人影も見当たらなくて。でも、ボクが気づいた時には墓地が荒らされていて、その形跡しかなくって、聖水の効果があったような跡もない。でも遺体はなくなっていたりしていて……。目を離していたのだって、近くに手洗いに行っていた間ぐらいの時間でしかないのに。墓を荒らして、それから遺体を隠す時間なんて全くないはずなのに……」

　そう言い終えたケルブートの顔は、心なしか青白くなっている。昨日俺の店でケルブート自身が言っていた事だが、用を足す時間があれば、《魔法》や技能（スキル）の力で墓を暴く事が出来る。しかし、ただの墓荒らしなのであればケルブートの親類の墓だけを、しかも見張られている状況で墓荒らしを強行する必然性がない。

　そして何より、墓から掘り起こした遺体の行方が、全くわからないのだという。

　その事を思い出したのか、ケルブートの口が重くなる。俺は話の向き先を、ケルブートの隣に座る女性に向ける事にした。

「では奥さん、スノーさんにお伺いします。何故、身ごもられている状態でありながら、わざわざ東側の区画までお墓の見張りをされに出向いていたのですか？」

「だって、お腹の子に影響があるかもしれないじゃないですか！　黙って見てるなんて、出来ませんよっ！」

そう言った女性は、亜麻色の自分の髪をかき分けた後に、愛おしそうに自分のお腹を撫でた。蜂蜜のような褐色の肌をした指が、膨れたお腹をなぞる。

「私は、この子の事を心の底から愛しているんです。この子のためなら、なんだって出来ます。じっとなんて、している事は出来ません。墓守をしている時だって、私はその場から片時も離れたりしませんでした。夫の事はもちろん愛していますが、今はこの子が何よりも大切なんです。だって、こうして母親になるのが、私の夢だったんですから」

「ボクはやめておけって言ったんですが……」

ケルブートは苦笑いを浮かべるが、スノーは全く気にする様子がない。心の底から自分の子供に愛情を注いでいる聖母のような表情で、うっとりとお腹を撫で続ける。ケルブートの言葉も、これから母親となるスノーの前ではそよ風に等しいのかもしれない。

「だからと言って、無理はするなよ。母子ともに健康なのが、一番なのだからな」

そう言ってスノーの肩を叩いたのは、ケルブートの敬愛する父、ロルフ・ディイトン。茶色い髪に、厳つい人相をしているが、スノーの膨らんだお腹を見る目は、とても優しい。孫が生まれてくるのを楽しみに待つ、好々爺にしか見えない。

「ケルブートはワシの自慢の息子だ。そしてスノー。お前もワシの大切な家族。無論、これから生まれてくる孫もな。ワシは息子夫婦を愛しているし、孫のためなら全てを投げ出せる。彼らのためなら死んでもいいとすら思っておるよ」

「あらあら、あなた。物騒な事を言うのはよしてくださいね」

そう言ったのは、ケルブートの母、エルヴィラだ。焦茶色の髪に、人懐っこい笑みを浮かべている。

「でも、息子夫婦のためなら何でも出来るというのは、私もあなたと同じ気持ちですよ。ああ、今から孫を抱きしめた時の事を想像するだけで、頬がにやけてしまうわ！」

エルヴィラはそう言って、おおらかに微笑(ほほえ)んだ。それに合わせてロルフも笑い、スノーもケルブートも、つられて笑う。幸せそうな家族の姿が、そこにはあった。そして、ここにいる全員が、この団欒(だんらん)がいつまでも続いてくれる事を望んでいた。完全に外野にいる俺も、その気持ちだけは同じだった。そしてその団欒の中心にいたスノーが、突然驚きの声を上げる。

「あっ！　動いた！　今、動いたわ、この子っ！」

「なんだってっ！」

ケルブートが慌てた様子で、スノーのお腹をおっかなびっくり触る。すると、彼の顔に驚愕(きょうがく)と、そしてその次の瞬間満面の笑みが浮かんだ。

「本当だ！　蹴ってるんだ！　ボクの子供が動いてる！」

「なんだとっ！」

「私にも触らせてよ！」

ロルフとエルヴィラも、自分の息子に続く。それを見ながら、ケルブートはスノーに問いかけた。

「なぁ、もう墓守はボクに任せてくれないか？　君は子供のために、そう、ちゃんと食事を取ってくれよ。それが子供のためにも、君のためにもなるんだからさ」

「あら、私、ちゃんと残さず食べてるわ」

「スノーさん。これは、雑学として聞いて頂きたいのですが」

そう言って俺は、誰ともなしにつぶやいた。

「実は、食事で摂取出来る栄養というのは、どの種族がどんなものを食べても、そんなに変わりがないんです。それは人族も亜人も魔物も変わりがなくて、あるのはただ、味の好みだけ。つまり、嗜好の問題があるだけなんです。これは、これからの生活を続けるうえでとても重要になるので、くれぐれも覚えておいてください」

「は、はぁ……」

スノーは、よくわからない、というような表情を浮かべている。だが、これはこの団欒を続けていくために、非常に重要な事だ。

「では、ケルブート・ディイトンさん。この俺、『復讐屋』に墓荒らしの犯人捜しの依頼を締結しますか？」

俺の言葉に、ケルブートはおずおずと手を挙げた。

「あの、ちなみに、おいくらなのでしょう？」

流石商人と言った所か。俺は小首を傾げながら答える。

「そうですね、今回は千シャイナと言ったところでしょうか」

「何だと！」

その言葉に反応したのは俺に話を持ってきたケルブートではなく、その父親であるロルフだった。ロルフは厳つい顔を真っ赤に染め上げ、俺の顔を親の仇と言わんばかりに見つめている。

「冒険者組合に依頼するのと、大して変わらない値段じゃないか！　これからケルブートが店を構えようというのに、孫も生まれてくるのに、どうしてお前みたいな死体漁りにそんな大金払わないといかんのだっ！」

「と、父さんっ！」

ケルブートがロルフをなだめようとしてくれているが、俺は顔に苦笑いを出さないようにするので必死だった。俺に依頼する事で依頼料をけちろうとする依頼人が多いのは知っているし、むしろ俺はそれで飯が食えていたりするのだが、ここまで露骨にそれを語られることは思わなかった。ロルフの目には、俺が自分の可愛い息子夫婦、そして孫に群がる金の亡者に見えているのだろう。

……それはこっちの台詞でもあるがな。

そう思いながらも、俺は一応ロルフの説得を試みようと口を開く。

「ですが、ロルフさん。この墓荒らしには大きな謎があります。ケルブートさんがお墓を見張っていても墓が荒らされたという事は――」

「そんなもん、誰かが《魔法》か技能でも使ったんだろ！」

「ですが、一体何のために？」

「ケルブートの才能を羨む誰かのいたずらだっ！」

ケルブートが、流石に気まずそうな顔をしている。ロルフの言葉は、ケルブートが俺に依頼を持ってきた事すら否定する言葉だった。しかし、ロルフの激昂は収まる気配を見せない。ミルを指差しながら、ロルフは吼え続ける。

「大体、何でこんな小さい子供を連れてきているんだ！　そんな奴が仕事が出来るとは思えん！　出ていけっ！」

「……お言葉ですが――」

「いいから出ていけ！　これはワシら、家族の問題だっ！」

そこまで言われては、引き下がらざるを得ない。幸い、ロルフはミルに対して危害を加える意志は全くないようだ。一方話題に上がったミルはというと、唾を飛ばしながら喚(わめ)き散らすロルフ、ではなく、自分の膨らんだお腹を愛おしそうに撫でるスノーをただただ無表情に見つめていた。

「では、契約不成立という事で、俺はお暇(いとま)します。行くぞ、ミル」

「すみません。わざわざ来ていただ――」

「こんな奴に謝る必要なんてないぞ！　ケルブートっ！」

　申し訳なさそうなケルブートの言葉が、ロルフの罵声でかき消される。俺とミルは振り返る事なく、ケルブート宅を後にした。歩みを進め、ケルブートの家から十分離れたところで、俺はミルに問いかける。

「どうだった？」

「くさい」

「……そうか」

　俺には、出来る事と出来ない事がある。金にならないのであれば、見捨てもする。しかし、ケルブートたちの団欒が続いてくれる事だけは、心の底から望んでいた。

　袖を引かれ、視線を向けると、ミルが澄んだ碧色(へきしょく)の瞳で、俺を見つめている。

「いらい、うけてない」

「……そうだな。助言もしたしな」

それに、家族の問題でもあるらしい。俺に依頼する金額と冒険者組合に依頼する金額が同じぐらいだと知っていたという事は、一度は冒険者組合に依頼を考えた事があるのだろう。必要であれば、彼らは組合に依頼するはずだ。

だがそもそも、組合が設定した依頼料が高いため、俺に話を持ってきたというのを考えると——

……よそう。もう、俺とは関係のない話だ。

ミルとの帰り道に、そう思った。しかし関係ないと思っていたその話の当事者に、俺は翌日、『復讐屋』として再度この事件に引きずり込まれる事になる。

依頼人は、ケルブート・ディイトン。

依頼内容は、ロルフ・ディイトンの敵討ち。

「どうでしたか？」

解剖部屋から出てきた俺に、ケルブートは食いつかんばかりに迫って来た。俺は両手を挙げて、ケルブートに落ち着くよう指示を出す。

「落ち着いてください。ケルブートさんたちと同じ見解ですよ。全身の血が抜かれたため、死亡している」

つまりロルフの死因は、失血死という事になる。約一・五リットル以上の血を体内から失えば、標準体重の成人は失血死する。しかし、ロルフの場合、全身の血がなくなっていた。ではどこからその血が流れ出たのかというと、目立った外傷は一つしかない。

「首筋に出来た、噛まれたような二つの傷。あれが、父さんに致命傷を与えたのでしょうか？」

「恐らくは」

俺の言葉を聞き、ケルブートは歯噛みした。廊下を一瞥すると、先程俺が解剖で使った前掛けと手袋、手巾が入った籠を持ったミルが通り過ぎていく。今から血抜きをしに行くのだろう。

俺は憔悴したケルブートへと、再度目を向ける。

「妻は、スノーは吸血鬼に襲われたんじゃないか、って。母さんは父さんの死体を見て、ショックで寝込んでしまって……」

ケルブートの言葉を聞きながら、俺はロルフの傷跡を思い出していた。首筋には、動物の犬歯で噛まれたような咬傷が残っている。首筋に二つの傷で直観的に想像する魔物と言えば、吸血鬼だ。しかし、吸血鬼の狙いはその名の通り、血液だろう。だが、ロルフの咬傷は動脈や静脈を貫いて、首筋の筋肉そのものに食らいついているようだった。確かにロルフの体内の血液はなくなっているが、ロルフから血液を奪った相手は、なんというか、雑に血を吸っている。

人間の食事に喩えるなら、鶏の腿肉に食らいつき、そのまま肉汁だけ吸い出したというような、そんな殺し方だった。

「それで、本当によろしいのですか？」

俺は、ケルブートに問いかけた。ケルブートは既に、ロルフの検死、解剖のために千シャイナ俺に支払っている。更に彼はその上で、自分の父の仇を取りたいと、『復讐屋』の俺に依頼を出していたのだ。ケルブートは、決心を固めたかのような表情で、俺に頷いた。

「復讐を！　ボクが父さんの仇をこの手で取りたいんです！　お願いです、チサトさん！　ボクに父さんの仇を取らせてくださいっ！」

「……新しく構える店の方は――」

「そんなの、今のボクにはどうだっていいんです！　父さんの仇を取らないと、ボクは、ボクたち家族は先に進めないんですよっ！」

ケルブートの慟哭が、部屋中に響き渡る。かつての人懐っこい笑みは鳴りを潜め、こけた彼の顔にはある種の業を背負った者だけが見せる、特有の陰鬱な色が滲みだしていた。

俺が復讐の手を下すのであれば千五百シャイナ、ケルブートが直接手を下したいなら二千シャイナという値段を提示。ケルブートは何のためらいもなく後者を選んだ。だが、今は持ち合わせがないので、家に取りに行くから少し待って欲しいという彼の提案に、俺は快く頷いた。渡りに船とは、まさにこの事だったからだ。

「では、俺も一緒に行きましょう」

そう言って俺たちは、墓場へと足を向ける。無論、ロルフの遺体を弔うためだ。それが終わると、今度は俺、ミル、ケルブートの三人でケルブート宅に上がる。家にはかつてあった温もりは欠片も存在しておらず、代わりに底冷えする陰の気だけが漂っていた。

「あなたたちは……」

スノーが家にやってきた俺たちの姿を見て、驚愕の表情を浮かべた。昨日の今日のはずなのに、お腹が少し大きくなっているように見える。スノーが、ケルブートを睨み付けた。

「どういう事？　お義父さんの死因を確かめてもらって、それで納得するんじゃなかったの？」

「そんなわけあるか！　ボクは父親を殺されてるんだぞっ！」

「お店はどうするの？　生まれてくる子供の事は？」

「そんなのどうにだってなる！　早く金をっ！」

「やめて！　それはお店の――」

「あの、盛り上がっている所失礼しますよ」

言い合いを始めたケルブートとスノーの間に、俺は強引に割り込んだ。

「エルヴィラさんは、今倒れてお休みされているんですよね？　では、ここで大声を出さない方がいい」

「でもボクは――」

「スノーさんも、お代を頂くのは依頼が成功してからで問題ありません。今夜、犯人がロルフさんの遺体を狙ってくるかもしれない。今晩は、俺とケルブートさんで墓守をします」

「……もし、次の被害が出たら、あなたはどうするんですか？」

「潔く引き下がりますよ、スノーさん」

スノーの目が泳ぐ。ここで騒いでケルブートと揉める事と、穏便に俺という邪魔者を排除出来る可能性を天秤にかけて、思案しているのだろう。やがて決心がついたのか、スノーは渋々と頷いた。

「聖水をお忘れなく。犯人はきっと、吸血鬼よ」

「ご助言、ありがとうございます」

そう言った俺の言葉を聞きながら、スノーは愛おしそうにお腹を撫でていた。

日が落ちて、闇が広がる。黒という一色が支配する漆黒の世界。夜は、このアブベラントに住む人々全てを平等に飲み込んでいた。その闇夜を、同じく闇色の影が水に墨を溶かすようにして移動している。影は風よりも静かに、そして軽やかに、自分の目標へと穏やかな足取りでその歩みを進めていた。無論、影が足音など立てるはずもない。故に影は、暗黒の牙を黒羽色に光らせて、それを獲物に突き立てんと邪悪な笑みを浮かべている。それに気づける存在は、今影が訪れた場所では存在しない。

はずだった。

……《切除(レセクション)》。

解剖刀(メス)を投擲(とうてき)するのと同時に、俺の技能(スキル)が発動する。邪悪な笑みを浮かべていたそれに解剖刀が当たり、砕けた瞬間、そいつの動きが一瞬にして停止した。それはまるで、獲物を狙っていた影が切り絵のように暗闇から切り離されたようにも見える。

俺の技能である切除は、殺すという意味を再現する。今回は活動や動作を殺し、動きを止めるという意味を再現させた。俺の技能を食らった影は、空中に縫い止められたかのように、身動きが取れなくなっている。

俺は解剖刀を自分たちの影に投げて切除を解き、気配を元に戻す。事前に、ここにいる人たちの気配を殺していたのだ。そして俺は、棒立ちとなっているケルブートに話しかけた。

「明かりをつけてもらえますか?」

俺の言葉にケルブートが頷き、洋灯(ランプ)の明かりが部屋中に灯(とも)る。明かりはエルヴィラの部屋を満たし、部屋の傍らで控えている俺とミル、愕然(がくぜん)としたエルヴィラと、信じられないという表情をしたケルブート、そして俺が身動きを取れなくしたスノーの表情が露になる。

俺はエルヴィラを襲おうとしていたスノーの活動を殺し、空中に止めているだけだ。故に彼女は、自分の困惑を言葉にする事が出来る。

「どうして？　墓地に行ったんじゃないの？」

「どうして、って……」

「それは、お前が犯人だと気づいていたからだ」

二の句が継げないでいるケルブートの代わりに、俺が会話を引き継いだ。

「墓地から死体がなくなるという事象は、あたかも遺体が腐死者になったか、吸血鬼の手駒になっていなくなったかのようにも映る。だが、聖水が本物である限り、それはない。もし聖水が撒かれている状態で腐死者や吸血鬼が現れたのなら、何らかの形跡が残っているはずだ」

しかし、ケルブートは言っていた。墓には、荒らされた形跡しかないと。

「つまり、犯人は聖水が効かない存在だ」

「それなら、人族や亜人だってそうじゃない！」

「そ、そうだよ。妻以外にも、墓荒らしは可能だ」

エルヴィラを襲おうとしたスノーの事をまだ信じているのか、ケルブートは妻を庇う発言をした。それに対し、俺は淡々と事実を告げていく。

「本当に、そうなのか？」

「……え？」

「墓守には、ケルブート、そしてスノーが交互に行っていた。自分が墓を見張っている時間にならなら、墓を荒らす事は出来るだろう？」

「そ、それならボクにだって犯行は可能だ！」

「なら、あんたが犯人なのか？」

俺の言葉に、ケルブートは黙り込む。しかし、何かを思い出したかのように、ハッとして顔を上げた。

「でも、やっぱり妻が犯人なのはおかしい！　ボクが気づいた時には、墓は荒らされていて、遺体もなくなっていたんだ！　僕が離れていた時間では、墓を荒らして、それから遺体を隠すのなんて無理だよっ！」

「逆だよ」

「ぎ、逆？」

目を白黒させるケルブートに、俺は頷きを返した。

「荒らし直したんだよ、墓を。スノーは自分が見張っている時間で墓を荒らし、遺体を別の場所に移動させ、墓を元の状態に戻した。そしてお前が墓守をしている時間、お前がいなくなった時間をついて、再度墓を掘ったのさ。そうすれば、遺体のない、遺体がなくなった、墓を荒らした状況の出来上がりだ」

墓を掘り、遺体を持ち去る、という順番ではなく。

スノーは遺体を持ち去った後に、墓を掘ったのだ。

後は、ケルブートに自分の見張っている最中に墓が荒らされたのだと誤認させれば、それで済む。

「で、でも、なら、妻は、遺体は、妻は遺体を、一体どこに隠したっていうのさ！　遺体の行方はわからないんだぞっ！　そんな芸当、人族の妻じゃ無理――」

「なら、人族じゃないんだろ」

「え？」

何を言っているのか理解出来ないという表情を浮かべたケルブートとは対照的に、スノーは能面のような無表情を浮かべている。俺は聞き分けのない生徒に言い聞かせる教師のように、ゆっくりとした口調で言葉を紡いでいく。

「いいか？　そもそも、墓を掘り起こした遺体はどこに隠したのか？　その考え、発想自体が間違いだ。遺体は隠したのではなく、取り込んだのさ」

「と、取り込む？」

「体っていうのは優秀でね。過剰に取った栄養は、別の所に蓄積される」

身体が必要ないと判断した分のたんぱく質は、体脂肪として蓄積されたり、他のアミノ酸に組みかえられたり、体外に排出されたりする。それはどんな物質を摂取しても、変わりはない。

たとえそれが、死体であったとしても。

俺はケルブートに向けて、言い放つ。

「さぁ、もうわかっただろ？　スノーがどうやって遺体を隠し、いや、取り込んだのか。墓荒らしが始まったのはいつ頃だ？　それに合わせて体型が変化したのは一体誰だ？　お腹の子供が元気になったのは、母体が過剰に取り込んだ栄養を体外に排出するのではなく、子供に分け与えていたのだとしたら？」

つまり、スノーは遺体を喰（く）らい、血を啜（すす）っていたのだ。

自分の子供の栄養とするために。

「子供を育てるという動機があり、墓を暴く事が可能であり、聖水が効かず、遺体を隠すために躊躇（ためら）わず屍肉（しにく）を喰らう事が出来る存在」

そう――

「スノーは、屍食鬼（グール）なのさ」

ケルブートが、腰を抜かしたように床に座り込んだ。エルヴィラは、魂が抜けたかのように口を半開きにしている。しかし、ケルブートはまだ信じられないようで、小さくこうつぶやいた。

「……嘘(うそ)だ」

「何かの間違いだって？　お望みなら、スノーの歯形を取ろうか？　ロルフの遺体はまだ腐敗していないだろうし、歯形の照合は簡単だろう」

そう言って俺は、スノーの口に手を伸ばす。瞬間、スノーの口が彼女の耳まで一気に裂けた。そしてそこに見えるのは、短刀(ダガー)より鋭い鋭利な無数の歯だった。しかし、剣山のようなそれは、決して俺の腕を生ける事無く、その場でとどまっている。俺の切除は、まだなおスノーを宙に縫い付けていた。

「ほ、本当に、お前が……？」

「あなたが食べろって言ったんじゃない！　子供のために、食事をちゃんととれってっ！」

金切り声に近いスノーの叫びに、ケルブートは雷鳴に撃たれたかのように震撼(しんかん)した。彼の目が、一点を見つめたまま動かなくなる。その先にいるのは、自分がかつて妻と呼んでいた存在だった。そんなケルブートの変化に気づかないのか、スノーが吹っ切れたように狂気の言葉を口にする。

「お腹がね！　お腹が大きくなるのよ！　死体を食べると！　美味(おい)しいの！　お腹の子も元気に動くのよ？　もっと食べたい！　もっと屍肉が欲しいって！　愛した夫の親しい人の肉が、一番喜ぶの、私の赤ちゃん！　食べれば食べる程、私に応えてくれるのよぉっ！お義父(とう)さんの時は、とっても凄(すご)かったわぁ！　びくん、びくんって跳ねるのぉ！　凄いわ赤ちゃん！　私の子よぉ！　もっと屍肉ちょぉだぁい！　血をちょぉだぁいぃ！　お義母さんちょぉぉぉだぁぁぁいぃぃぃぃっ！」

涎をたらしながら、スノーが体を無理に動かそうとする。俺の拘束が解けないとわかっていても、もはや自分の食欲に抗えない状態となっているのだ。スノーが無理に自分の体を動かすので、彼女の関節は外れ、骨は本来曲がるはずのない方向に折れる。スノーは最初に死体に手を付けた瞬間から、もはや自分の種族という本能に抗えないのだ。屍食鬼という、種族の本能に。

ケルブートが、幽鬼のような表情で立ち上がる。そんな彼に、俺は短剣を差し出した。一瞬彼は、意味がわからないという表情を浮かべたが、その表情は次の瞬間狂気の笑みで塗り替えられる。復讐者のそれとなったケルブートの形相から、かつての笑みはもう二度と戻らないだろうと、俺はそう予感した。

ケルブートが、短剣を持ってスノーににじり寄る。聞くに堪えない言葉と唾を撒き散らしていたスノーも普段とは違う気配を漂わせるケルブートの存在に、ようやく気が付いた。だが、彼がこれから何をしようとしているのか、全く理解出来ていないような、これから生まれてくるはずだった子供のような純真無垢な表情を浮かべている。

その表情へ、無慈悲に短剣が突き立てられた。

絶叫。狂騒。凶行に、スノーは本気で、何故自分がこんな目に遭わなければいけないのだ？　という表情を浮かべている。

「何で？　何で切るのあなた！　言ったじゃない！　何でも出来るって！　全てを投げ出せるって！　死んでもいいって！　だから食べたのお義父さん！　何で？　嘘だったの？　嘘じゃないでしょ？　ねぇ！　食べさせてよ！　子供のためよ！　ねぇ、こっちに来てよお義母さんっ！」

「煩（うるさ）い！　もう喋（しゃべ）るな、化物めっ！」

　エルヴィラの盾になるように、いや、積極的に前に出るようにして、ケルブートはスノーをその短剣で切り付ける。血飛沫（ちしぶき）が舞い、その度にスノーの叫声と、両手を自分の頬にめり込ませるぐらいに押し付けたエルヴィラの叫喚が、悍（おぞ）ましい協奏曲を奏でていた。

　俺はその様子をミルと共に壁際で眺めながら、スノーにした助言を思い出していた。事前に伝えていたとおり、人族も亜人も魔物（モンスター）も、摂取する栄養に変わりはない。つまり、死体を食べずとも、スノーのお腹（なか）の子供は育つのだ。お腹の子が死体で大きく育つなんて、ただの錯覚。ただ単に、スノーが自分の種族としての本能を抑えきれなくなっただけに過ぎない。

　それでも、あの時なら、まだぎりぎり引き返せたように思う。既に黄泉（よみ）の旅路へと旅立った、魂がなくなった肉の塊に手を出す範囲であれば、あるいはスノーとケルブートが一緒に生きていける、そしてその子供が生まれ落ちる未来もあったかもしれない。

だがもはや、それはあり得ない。スノーはケルブートの父をその手に掛けた。生を謳歌するものに手を出したのなら、殺人を犯したのなら、もう元には戻れない。この俺のように。

「嘘でしょ？　本気なの？　あなた……」

本当に遅まきながら、スノーは本気でケルブートが自分を殺そうとしているのだと理解した。彼女の口から、咆哮ではなく、懇願の言葉が漏れ始める。

「ねぇ、お願い、あなた。愛しているわ。だから、この子だけは——」

「煩い！　早く死ね！　今すぐ死ね！　即刻死ねっ！」

「どうして？　ねぇ、お願い！　私はどうなってもいいの！　この子だけは、赤ちゃんだけは助けて！」

「知るか！　父さんの仇だっ！」

「何で？　どうしてよ！　あなたの子でもあるのよっ！」

「ボクの子供なわけがないだろ！　父さんを食って育った子供なんて、化物の子なんて、ボクの子供じゃないっ！」

ケルブートの短剣が、スノーの大きなお腹に突き刺さる。スノーが愛おしそうに撫でていた部分を、鋭利な刃物が深々と、そして豪快に切り裂いていった。鮮血が迸り、腸が我先にと競ってスノーの体から零れ落ちる。

残念ながら、ケルブートがどれだけ否定しようとも、スノーとの間に出来た子供はスノーとケルブートの子供だ。

そもそもの前提として、人族（ヒューマン）と亜人（デミ・ヒューマン）の結婚も認められているのが、このアブベラントという世界だ。当然その夫婦の間には子供が生まれる。そして思い出して欲しいのは、小鬼（ゴブリン）と人族、そして亜人であっても子を生（な）せるという事実。俺の世界の常識と照らし合わせるのであれば、染色体数が同じでなければ、これはあり得ない現象なのである。

俺の考えでは、この世界の人族も、亜人も、果ては魔物でさえ、遺伝子的な相関があると言わざるを得ない。そういう意味で言えば、屍食鬼とは、ただ死体や血が好物な人間とも言えなくもないだろう。もっとも、それを人族や亜人は生理的に受け入れないだろうが。

別の事に俺が思考を回している間に、ケルブートの復讐は、ついに最終局面へと移っていた。スノーの胎の中から、人型の物体、つまり自分の子供を引きずり出したのだ。

自分の胎から無理やり赤子を捻（ひね）り出されたスノーの瞳から、一筋の雫（しずく）が零れ落ちる。

「ど、うして？　わ、たしは、し、あわせに、なり……。交、換条、件に、あの、人、に、わた、しは、た、ましいの、扱い、方を――」

「煩いって言ってんだよぉぉぉっ！」

ケルブートが手にした短剣が、スノーの喉笛を掻（か）き切った。そこから噴水のように噴き出す血を止めようとしているのか、手にした命になるはずだったものを、ケルブートは無造作に突っ込んでいく。だが、スノーから溢れる血は止まらない。だからなのか知らないが、ケルブートは自分が突っ込んだ赤ん坊になれなかった存在を滅多刺しにする。足のような形が削げ、指のような形をした何かが吹き飛んで、壁に当たって出来の悪い絵画を描いた。それを見て、ケルブートがさも愉快そうに笑う。

「ボクはやり遂げた！　子供を殺した！　仇を討って、妻を殺した！　妻の血は赤くて、でもボクの父さんの血を啜って殺して、ボクはだから、何で、どうして、何がどうなったんだよぉぉぉっ！　あはははははははっ！」

エルヴィラは、既に泡を吹いて倒れている。自分の目の前で息子が義娘を殺し、その腹から孫を取り出し、めった刺しにする地獄絵図に、精神が耐えられなかったのだろう。

狂ったように笑うケルブートの背中に、俺は言葉を投げかけた。

「契約は完遂した。約束通り、二千シャイナ頂いていく」

「この守銭奴め、死体漁りめぇっ！」

ケルブートは俺を罵りながらも、相変わらず笑い続けていた。笑い続けたせいか、その目から涙が溢れ出している。

「どうして？　ボクはようやく独り立ちして、これから幸せな家庭を築いていくつもりだったのに、ねぇ、どうして？　どうしてボクはその隣にいるはずだった妻を殺しちゃったの？　何でボクはボクの子供を殺しちゃったの？　だってそれは妻が父さんを殺し

ちゃったからだもんねぇ！　あはははははっ！　許せない！　父さんを殺したのは許せない！　だけどボクは、ボクを許せないんだよ、だって愛してたんだもの！　殺しちゃうほどに、妻を、子供を、だから、だけど、仕方がなかったんだもんねぇえええ！ぎゃはははははははっ！」

　俺は解剖刀（メス）を投げ、切除（レセクション）で自分とミルの気配を消す。そして金を手にした俺は、ミルと一緒に外に出た。猛（たけ）り笑う狂騒が俺たちを見送ってくれる。

　これが異世界、アブベラントに来てからの、俺の仕事だ。

　それが誰かの助けになりたいと、嘉与（かよ）を救いたいと医者になった俺がしている仕事だ。死体漁りと揶揄（やゆ）される仕事だ。

　そう、俺の仕事は、復讐だ。

第二章

■■■■■■■■■■■■■■■■■■■■■■■■■■■■■■

何だこれは何だこれは何だこれは何だこれは何だこれは何だこれは何だこれは何だこれは何だこれは何だこれは何だこれは何だこれは何だこれは。

自分の人生を、存在価値を、今までの生き様を、その全てを否定されている気分だった。僕が今までやって来た事は、僕が今まで積み上げてきた事は、全て無駄だったのか？　嘉与を治す事を目標に、誰かを救いたいと願ってきた事は、全て無意味だとでもいうのだろうか？　僕は、医者を目指してはいけない存在だったのだろうか？

この世界は、アブベラントには、《魔法》がある。ＲＰＧのような冗談みたいな、回復魔法みたいなものも存在する。この世界に、所々僕のいた世界の言葉が交じっているのは、僕のような転生者（レインカーネーター）が今までも何人もやって来たからに違いない。

でも、だからと言って回復薬（ポーション）が存在するのはやり過ぎじゃないか？　これが一つでもあれば、僕の悩みは、嘉与はきっと目を覚ましてくれていたに違いないのに。そう実感すればする程、僕が前の世界でやっていた事の無意味さを思い知る。

何度か《魔法》や回復薬による傷の修復を見せてもらった結果僕が辿り着いた結論は、これらは全て傷を負った場合、体の細胞を修復させる作用を持つという事だ。

つまり、《魔法》による治療は、細胞分裂を促進させる効果があるのだ。

細胞分裂を行う場合、分裂を行えば行う程、染色体の端にあるテロメアという構造体は短くなっていく。当然生きていれば細胞は入れ替わっていくため、テロメアは年と共に縮んでいくので、老化の原因とも言われていた。事実、細胞は五十から六十回ほどしか分裂出来ない。これはヘイフリック限界と呼ばれていて——いや、今はその知識は必要ない。重要なのは、《魔法》や回復薬で細胞を修復、細胞分裂させた場合、細胞は完全に元の状態に戻る、という事だ。

つまり、テロメアが縮んでいないのだ。

いや、アブベラントには解析するための施設や道具がないので断定出来ないが、ひょっとすると細胞分裂を行った後にテロメアを長くする作用を、《魔法》はもっているのかもしれない。この世界の《魔法》は、何かしらから力を引き出す技だという。だとすれば、テロメアの延伸には、テロメラーゼという酵素の力が関係するのかもしれない。この酵素は、テロメアを長くしてくれるのだ。恐らく、体細胞が持っていないテロメラーゼを、《魔法》や回復薬の力で精子や卵子を作る生殖細胞から引き出しているのだろう。故にアブベラントの住人たちは、《魔法》や回復薬で無作為に細胞分裂を行っても、それで傷を治した影響で老化はしない。だが、日常生活の中で細胞分裂は行われるため、当たり前のようにアブベラントにも寿命という概念が存在する。

逆に言えば、《魔法》や回復薬を無限に浴び続ける事が出来れば、不老不死にも近づく事が出来ると思われるが、無限に近しいその金を、一体誰が払えるというのだろうか？

そして、僕がだらだらと考察して辿り着いた結論は、こうだ。

このアブベラントに、医者という存在は求められていない。そういう考えすらない。何故なら、そもそも必要性が全くないのだから。だって、《魔法》だぞ？　テロメアすら長くするという、超常現象を引き起こす技が存在するんだぞ？　僕の今まで学んできた知識なんて、一体何の役に立つというのだろう？

いや、だからと言って、僕がここで腐ってしまっては、本当に僕の人生が無意味となってしまう。こんな僕にだって、このアブベラントでは全く不必要な知識しか持っていない僕にだって、きっと何かが出来るはずだ。こんな自分でも、誰かの役に立てる事も、何かあるはずなのだ。そうだ。たとえ名前が『暗殺者組合（アサシンギルド）』であっても、そこで何かしら、僕にも得るものがあるはずなのだ。

嘉与の事があったとはいえ、僕は何かが、誰かが失われる事に、強い、いや、強すぎる忌避感を持っている。それは自覚している。だからこそ、僕は何かがしたいのだ。そう、たとえそれが、僕の天職(クラス)が、才能が暗殺者(アサシン)だと言われたとしても。

しかし、そう決意して臨んだ三宝神殿(ラトナトラヤ)での生活は、控えめに言って、地獄でしかなかった。僕には、才能があり過ぎた。誰かを殺すという、不快極まりない才能が。

自分は、何かを殺す事しか出来ない。その絶望を呼吸をするように突きつけられながら、それでも目の前で消えゆく命や悲劇を救えないかと足掻(あが)き、心臓が脈打つ速度で挫折を味わわされた。絶望する度、それでも自分はと、ここにはいない嘉与を強く思うようになった。

それでも、アブベラントで待ち受けていた現実は変わらない。

僕に出来る事は誰かを救う事なんかじゃなく。

ただひたすら、殺す事しか出来なかったのだから。

■■■■■■■■■■■■■■■■■■■■■■

苦悶(くもん)。苦痛。苦渋。俺の下に届いた遺体は、三者三様の表情をして寝台(ベッド)の上に横たわっている。人生の最後に浮かべたその表情は、死んだ後もその体に深く刻み込まれており、最期に発したであろう断末魔まで聞こえてきそうな程だった。

俺はそれらの遺体に触れる。触った感触は、いつものような魂が抜けた冷たい骸(むくろ)のそれではなく、岩を撫(な)でたような感触が返ってきた。石化したその遺体は、まるで岩から削り出した彫刻のようだった。

三体の遺体は、全身、あるいは体の一部が、完全に石になっている。その状態から俺が連想したのは、進行性骨化性線維異形成症という遺伝子疾患だ。

進行性骨化性線維異形成症とは、簡単に言ってしまえば体が骨になっていく病気の事だ。身体(からだ)の矯正メカニズムが線維性組織に起こす難病で、筋肉や腱(けん)、靭帯(じんたい)が骨組織に変化。人体が硬化していく。関節が固定化され、多くの症例で体が動かし辛(づら)く、動かなくなっていくのだ。

しかし、進行性骨化性線維異形成症は体が骨、つまりカルシウムになっていくのに対して、この遺体は体が鉱物に含まれているケイ素、つまり珪質(けいしつ)や珪長質に変わるという違いがある。これらの遺体は新米の『冒険者』たちのもので、地下迷宮(ダンジョン)に挑み、そこで遭遇した魔物(モンスター)と交戦、その結果石化したのだという。

地下迷宮は、ドゥーヒガンズから北東方面にある開拓者街道(パイオニアレーン)に出現する迷宮の事だ。開拓者街道では頻繁に地震が起こり、その地盤沈下によって稀(まれ)に地下迷宮が現れる。そこでは珍しい鉱石、宝石や金塊が掘り起こされる事が多い。また魔物が生息している事が殆(ほと)どで、魔物が《魔法》を使用して偶発的に出来た『魔道具』も発見される事がある。天然の『魔道具』は偽物と見分けるのが難しいが、その分高値で取引される。一攫千金(いっかくせんきん)を夢見る

『冒険者』たちにとって、地下迷宮は非常に魅力的な場所なのだ。たとえ、どれだけ命の危険があったとしても。

そもそも、地下迷宮が生まれる開拓者街道自体の危険性が高い。グアドリネス大陸と他の大陸を唯一つなぐこの陸路は、熟練の『冒険者』であっても十分な準備がないと対応出来ない魔物が住み着いている。また、この街道は気候の変化が激しく、嵐になると開拓者街道に隣接している海が氾濫、津波が発生し、街道にまで押し寄せてくる。『冒険者』や『商業者』は波に飲み込まれる事や、海中に住む魔物と戦わなくてはならない事もある。

逆に打ち上げられて身動きが取れなくなった魔物を難なく討伐出来たり、水死した魔物の死骸が発見される事もあるので、労せず大金を手に入れられる事もあった。

例年、開拓者街道では多数の死者が出ている。それでも開拓者街道の通行量が減る気配はない。商売や名を挙げたい人々が集まり、この街道を根城として、生計を立てている人々もいる。その最寄り町であるドゥーヒガンズも、当然の如く栄えるというものだろう。

開拓者街道に人が集まるのは、この街道を通らないとグアドリネス大陸の行き来が出来ないからと言うだけでなく、命という掛け金に見合う報酬が用意されているからだ。

開拓者街道を踏破したというだけでも、この大陸の『冒険者』として箔が付くぐらいだ。グアドリネス大陸を行き来したいが船を持てず、海路を渡れない『商業者』も、優先的に開拓者街道を通った経験のある『冒険者』を雇う事になる。『商業者』たちも、命がかかっているのだ。未経験者を雇うよりも、実際に危険な開拓者街道を渡り切った経験者を雇おうとするのは、当然の心理だろう。

その開拓者街道よりも、地下迷宮は危険度が高い。繰り返しになるが、地下迷宮には魔物が住む。それも非常に強力な魔物が殆どだ。更に地下迷宮は地震で偶発的に生まれるため、開拓者街道とは違って事前にどのような魔物が住んでいるのか把握しきれず、そこに住む魔物の対策が立て辛い。また、地震が重なれば地下迷宮自体が陥没する可能性もあり、入った直後に生き埋めにされる事も、ままある。

そんな場所に新米の『冒険者』が挑めばどうなるか？　その答えは、俺の目の前に転がっている。遺体を運び出せただけでも、僥倖と言わざるを得ない。ひょっとしたらドゥーヒガンズの東側の区画ですれ違った事があるかもしれない彼らの彫刻のような死体は、所々巨大な鳥のような嘴で、石化した部分も、石化していない部分も啄まれた形跡があった。

「くさい」

ミルが、無機質な目で三体の遺体を見つめている。俺の嗅覚では、死臭は感じられない。遺体は腐敗部分が限定的、また石化の影響で腐食も進行していない部分が多い。

……俺が鈍感なだけか？

首を傾げるが、ミルが気にしているのであれば、俺も気に留めておいた方がよさそうだ。

手袋と前掛け(エプロン)を外しながら、横目で再度石化した遺体を見つめる。彼らを襲った魔物は、もうほぼほぼ絞り込まれていた。鳥のような翼を持つ魔物の影を見た、という彼らの同行者の証言からも、十中八九俺の考えで間違いがないはずだ。そこまで特定出来れば、『復讐(ふくしゅう)屋』としての仕事はもう終わっていると言ってもいい。殺す相手は見えているのだ。後はただ、殺せばいい。いつものように。だが——

……ジェラドルの奴(やつ)、一体いつから新人のために値引き交渉までやるようになったんだ？

そう。俺は、金に見合った仕事しかしない。それで揶揄(やゆ)されているのも知っているし、されているからいったい何なのだ？　というのが俺の正直な気持ちだ。だがそんな俺でも、冒険者組合(ギルド)から依頼人に復讐の準備を手伝わせるので値引きして欲しい、と言われたのは、今回が初めてだった。

新米の『冒険者』は、金がない。それは『商業者』だろうが俺のような組合に属していない部外者(アウトロー)だろうが何だろうが、何か商売を新しく始める人間は、誰だって金欠だ。故に石化した駆け出し『冒険者』たちの仲間、地下迷宮からの生き残りも金欠である、というのは当然と言えば当然であった。

「で？　アタシの仲間を殺(や)った奴は、いったいどいつなんだい？」

そう言って今回の依頼人、新米『冒険者』のニーネ・イペムは強(したた)かに机(テーブル)を叩(たた)き付けた。猫のような尖(とが)った耳と猫目を持つ彼女は、亜人(デミ・ヒューマン)の中でも《獣人(セリアンスロープ)》と呼ばれる種族だ。天職は《戦士(ソルジャー)》で、地下迷宮から戻ったニーネは、一人生き残った自分を責め、自責の念に駆られながら冒険者組合で涙を流していた、とジェラドルから聞いていた。仲間思いの少女なのだろう。

しかし、俺の目の前に座る彼女は、眼前の存在を完全に見下しきっており、その存在と喋(しゃべ)る事への嫌悪感と忌避感を隠そうとすらしていない。むしろ積極的に前面に押し出している。その押し出された先にいる俺としては、ひたすら溜息(ためいき)をつくしかない。

……仕事の斡旋(あっせん)をしてくれるのは有り難いが、面倒事まで俺に寄越(よこ)すなよ。

俺は心の中で、ジェラドルを呪う。死体漁(あさ)りとして自分自身と自分の仕事が好かれるものではない事は認識しているが、新米の『冒険者』からは熟練の『冒険者』の三、四倍嫌われ、かつ嘲笑(あざわら)われる対象であった。

というのも、一時俺は冒険者組合に属していた時期があるからだ。そこから離脱したため、新人は落ちぶれた『冒険者』の典型例として、俺を見ているのだろう。

ニーネの猫目にも、自分は決して俺のようにはなるまいという固い決意と、蔑みの感情がありありと渦巻いている。いくらでも軽蔑してもらって構わないし、された所で心底どうでもいい話だが、それで仕事がし辛くなるのは本当に勘弁して欲しい。

嘆息する俺の横を、ミルが通り過ぎる。悪態をどれだけ吐かれても、一応客は客だ。ミルはニーネと俺のために、水の入った盃を机に置く。突然現れた少女に毒気を抜かれたようなニーネをよそに、俺はミルに礼を言った。

「ありがとう」

「いい。そーごほかんかんけー」

そう言われ、俺はミルと暮らし始めた時の事を思い出した。あの時、俺に一方的に守られる関係が不服だと、彼女が言い始めたのだ。

……ついでに、新鮮な食物が食卓に並ばない事に不満も言われたけどな。

どうしても鮮度が高い魚などを口にするには、活魚をその場で捌く必要がある。そこから、俺はミルに炊事などを任せるようになったのだ。そして俺は、自分の仕事に集中するようになった。

俺にとって仕事とは無論復讐の話であり、金の話だ。

「結果を伝える前に、契約料の話をしよう」

「はんっ！　死体漁りの分際で、偉そうに！　どうせ大した仕事なんてしてねぇんだろ？」

「……だったらまず、その大した事ない仕事の報酬を払えるようになれよ」

猫の前で、猫を被る道理はない。だからと言って、俺はニーネとの会話を諦める気もなかった。既に検死までは終えている。彼女から、金を支払わせなければならないのだ。

「今回、解剖まではせず検死までだからな。料金は一体五百シャイナで――」

「アタシの仲間をそんな風に、物みたいに言うな！」

「お前の仲間がそんな風になったのに、何も出来ず逃げ帰ってきただけの奴は黙ってろ」

「なっ――」

全身の毛を逆立て、激昂したニーネが机に両手を叩きつけ、その反動で立ち上がろうとする。瞬間、俺は机を操り彼女が打ち付けようとした力を殺した。これぐらいなら技能を使うまでもない。机の上の盃も一瞬傾いたが、結局その中の水は一粒も外に漏れ出る事はなかった。横目で見ると、椅子に座ったミルがそのやり取りを無表情で見つめている。

想定していた衝撃が生まれなかったため、彼女は机に手を突いた状態から僅かばかりも動けない。少女の顔に、驚愕と困惑の表情が生まれる。そんなニーネを置き去りに、俺は仕事の話を進めていく。

「検死一体五百シャイナ、三体で計千五百シャイナが相場だ。金さえもらえれば、復讐相手の情報を教えてやる。ただし、敵討ちまでしたいってなると、追加で金が必要だ」

俺の言葉に、ニーネは歯ぎしりした。新米の彼女にとって、今は一シャイナであっても惜しいのだ。だが、曲がりなりにも冒険者組合からの紹介で俺の下を訪ねてきている以上、少なくとも検死の依頼料を踏み倒す事は出来ない。俺の事は心底馬鹿にしているが、そんな俺に強く出られない事が、少女の自尊心を深く傷つけているのだろう。ニーネは俺を親の仇のような目で睨み付けた。

「……ジェラドルさんからの紹介じゃなかったら、ぶっ飛ばしてやるのにっ！」

「どうでもいいが、あの盗賊顔の、一体どこをお前は慕っているんだ？」

「魔法使い大量誘拐事件で連れ去られた仲間を、助けてもらったのさ」

それで思い出したのは、先ほど俺が検死を済ませた三人の天職だ。《修道士》のクライトン。神官のゾルクベブ。そして、魔法使いのイルラルマ。『魔道具』を生み出すために拉致され、救い出されたという仲間は、イルラルマの事だろう。

でも、死んだ。

「イルラルマがいなくなった時、一番大騒ぎしたのはクライトンだった。図体ばかり大きいくせに、小心者で、でも仲間のためなら何でも出来るような、勇敢な男だった。ゾルクベブは神官の癖に酒と女好きのどうしようもない奴で、でもあいつのおかげで命拾いした経験は一度や二度じゃなかった。イルラルマは優しい女の子で、でも気の弱い所がちょっとだけあったんだ。だから、魔法使い大量誘拐事件があってしばらく塞ぎ込んでいて、それをアタシたちが何とか元気づけて、どうにか外に連れ出せるようになったんだ。こっからだったんだよ。こっからだったんだよ、アタシたちは！　アタシたちの新しい冒険は！」

ニーネの悲鳴に近い慟哭が響く。

「『商業者』が出してた、割の良い依頼だったんだ。この依頼が終わったら、また別の依頼を受けて、魔物を倒して、富と名声を手に入れて、皆でずっとバカ騒ぎしながら『冒険者』を続けていこうって約束して……。でも、もうアタシ一人しか、残っているのは、生き残ったのは、アタシだけなんて、そんなのねぇよっ！」

彼女の瞳が潤み、両の拳は握り締めすぎて血が出そうな程だった。少女の口から、無理やり絞り出したような声が、零れ落ちる。

「……殺してくれ」

「それは、依頼だと受け取っていいのか？」

「……ああ、そうだ」

「自分の手で殺さなくていいのか？」

「そうしたいよ！　でも、仇の魔物の事を教えてもらっても、仲間の仇を討てるだけの実力が、アタシにはない！　悔しいけど、それがアタシの現実なんだ。今の実力なんだよ！　それに、今のアタシには、一シャイナでも安く出来るなら、それに越した事はないんだ。それも、アタシの現実で、アタシの実力で、だからいつか、いつの日か、アタシがもっと強くなったら、その時はアタシが仲間の墓の前で今ならお前たちの仇を討てるぐらい強くなったって、そう言ってやるんだ！　もっと強くなって、もっと稼いで、死んだあいつらの分まで生きてやるんだっ！」

だから――

「だから、殺してくれ！　あいつらの仇を討ってくれ！　出来ないアタシの代わりにやってくれっ！　アタシの目の前で殺してくれっ！」

「……わかった。なら、検死の料金千五百シャイナに、復讐代千五百シャイナと、開拓者街道（パイオニアレーン）、そして地下迷宮（ダンジョン）の同行代が――」

「ちょっと待ってくれ！　それ、正規料金だろ？　ジェラドルさんから、復讐の手伝いをしたら料金を負けてくれるって聞いたんだけど……」

　ニーネの言葉に、俺は小さく舌打ちをした。

「……なら、魔物対策として必要な、そいつの天敵捕獲を手伝ってもらう」

「て、天敵？」

「水辺に入って罠（わな）を仕掛けてもらうから、長靴を用意しておけよ。後、地下迷宮にお前はついてくるな」

「ちょ、ちょっと待ってくれ！　それだけは譲れねぇよ！」

「だが、お前らが潜った地下迷宮の入り口は別の地震で埋まっているかもしれんのだぞ？　それを掘り起こし、お前と一緒に地下迷宮に潜る費用を見積もると、とてもお前じゃ払いきれる金額にはならん」

「なんで地下迷宮に潜る金額まで今から見積もっておく必要があるんだよ？　必要があった時に請求してくれればいいじゃないかっ！」

「払える当てがない奴が何言ってんだよ。後払いに出来る金額にも限度がある。特にお前みたいな駆け出しの『冒険者』なら尚更だ」

「なら、アタシの仇の魔物の死体！　それをアンタが転売して、金にすればいいんじゃないか？」

「お前、自分で殺さないくせに仇の死体の権利は主張する気だったのか？」

どれだけ図太い神経をしていれば、そんな要求が出来るというのだろうか。思わず開いた口が塞がらなくなってしまった。だが、ニーネの提案には頷けない。

「だが、その提案は受け入れられない」

「なんでさ！　アンタ、アタシたちの仇の魔物の見当はついているんだろ？」

「ついているが、そいつの大きさまでは流石にわからん。お前は鳥のような翼の影しか見てないんだろ？」

「ああ、地下迷宮を歩いていたら、突然何かが上から降ってきたんだ。クライトンが身を挺して守ってくれて岩陰に隠れたから、アタシの姿は魔物には見られてないはずさ。でも、魔物の鳴き声は複数聞こえてきたんだ」

「複数？」

ニーネの言葉に、俺は首を傾げた。だとすると、彼女に捕獲してもらう動物は複数匹を想定しておいた方がいいだろう。自分の仕事量が増えた事を知らないニーネは、地下迷宮に潜った時の事を思い出しながら話を続けていく。

「そうさ。それに、人の笑い声のような声も聞こえてきたんだ。聖水(ホーリーウオーター)も撒(ま)いていたし、仲間の死体を背負って地下迷宮を抜けてきたから、アタシの幻聴かもしれないけど……」

それから、復讐(ふくしゅう)はしたい、でも金はない、と言うニーネと依頼料の調整に丸一日を要した。

その結果、最終的な落としどころとしては、こうなった。

ニーネは自分たちが潜った地下迷宮の入り口まで同行する。ただし、入り口が塞がっていたら諦める、つまり地下迷宮を掘り起こす費用は含めず、もし入り口が開いていたとしてもニーネは地下迷宮に入らない事。また、地下迷宮の入り口、すなわち開拓者街道での身の安全は、ニーネ自身が担保する事。

そして、彼女の仇たちが天敵とする動物の確保は全てニーネが行う事。ただし、俺が戦わなくてもいい程、十分な数を確保する。

更に、魔物たちの死体を売りさばいた金は、全て俺への依頼料とする事。

この、俺にとっては赤字もいいところの条件で、渋々ニーネの依頼を受ける事になった。

「だぁあ！　くそっ！　なんでアタシがこんな事しないといけないんだよぉ！」

ニーネが沼地の中で叫んだ。彼女の足は膝下ぐらいまで沼地の中に沈んでおり、長靴どころか服も既に泥だらけだった。そんな少女へ、俺は冷たく言い放つ。

「ほら、あんまり騒ぐと、鼬(いたち)が逃げちまうぞ」

「ちくしょーっ！」

ニーネが絶叫を上げ、自分の頭を掻(か)きむしる。泥の付いた手で掻いたものだから、彼女の体にも至る所に泥が付いていた。少女はそれを見て、心底嫌そうに顔を歪(ゆが)める。それを俺は、ミルと一緒に木陰から眺めていた。それでも、俺は作業の手を止めない。

俺は手にした解剖刀(メス)を研磨剤で磨いていく。医者がいないこの世界で、解剖刀は手に入らない。短刀(ダガー)を溶かして自分で作っているため、どうしても質にムラがある。磨き終えた解剖刀をミルに渡すと、無言でまだ磨いていない解剖刀に取り換えてくれた。研ぐ前であっても、その鋭さは鼬の牙と爪ぐらいの効果は見込めるだろう。

鼬は小柄な体格をしているが、非常に凶暴な肉食動物だ。小型の齧歯類(げっしるい)や鳥類、そして自分より大きな鶏や兎(うさぎ)すら単独で捕食が可能だ。そんな彼らは、水辺に生息し、泳ぐのも上手(うま)い。そして、巨大なもので十メートルを超える『蛇の王(バジリスク)』と『後を追うもの(コカトリス)』の天敵だ。

そう、鳥のような翼を持ち、石化能力を持つ魔物の天敵は、鼬なのだ。鼬は石化能力が効かず、彼らの攻撃はこれらの魔物には毒になる。一撃でも入れれば、その毒で巨体を持つ蛇の王、後を追うものであっても死に至るだろう。

ニーネの仇というのは、蛇の王、もしくは後を追うもののどちらかだ。いや、彼女の話から魔物は複数存在している可能性もある。ひょっとすると、蛇の王と後を追うものに、ニーネたちは同時に遭遇したのかもしれない。奴（やつ）らは人を石に変え、鳥のような翼を持っている。この魔物たちの視線自体に石化能力、おそらく人体を石に変える《魔法》が発動するのだろう。ニーネは運よく仲間にかばわれ、その死の視線から逃れられたのだ。

俺がニーネの仲間を検死した段階でその仇が蛇の王なのか後を追うものなのか完全に絞り切れていなかったが、どちらも鼬が宿敵なのに変わりはない。今回の仕事では、俺ではなく、その宿敵である鼬に戦ってもらおう、というのが俺の考えだ。その分俺の仕事は鼬を地下迷宮に持ち込むだけになるが、俺が楽出来る分、ニーネに請求する依頼料を割り引く事が出来る。

……まぁ、そのためにはニーネが大量の鼬を捕まえる必要があるんだけどな。

他にも少し、気になる事がある。ニーネが聞いたという、幻聴の事だ。聖水が効かない鳥を連想する魔物として、俺はすぐに掠める女（ハルピュリア）を連想する。死肉に群がり、汚物や悪臭を撒き散らす魔物は、醜汚の悪食だ。同じ魔物の骸（むくろ）であっても、動物の死骸でも、生きている人族（ヒューマン）や獣人（ヤリアンスロープ）であっても群れで襲い、その食欲を満たす。だがその連想は、別の依頼で受けた屍食鬼（グール）の事件を俺がまだ引きずっているだけだと、頭を振って思考を切り替えた。

「ほら、まだ川沿いに後三つは罠を仕掛けないといけないぞ」

「わかってるよ、ちくしょーっ！」

ニーネがやけくそになりながら、金属で出来た檻を沼地に沈めていく。鼬が餌を咥えた瞬間入り口が閉まる、簡単な仕掛けだった。ドゥーヒガンズから南西方面にある沼と川にそれらを仕掛けて鼬を捕獲するのが、ニーネに俺が与えた役割だった。

暫く作業を続けていたニーネが、唐突に話し始める。

「そういえば、なんでアンタは冒険者組合から抜けたんだ？」

俺は最初、それが自分に向けられた言葉だと気づかなかった。

「なんだ？　急に。俺の事なんて、お前は興味ないだろ」

「……だけどアンタが転生者だって、ジェラドルさんが」

俺は露骨に顔をしかめた。別に口止めはしていなかったが、ニーネのような新米『冒険者』が転生者に聞きたい話題というのは何となく想像出来る。そしてその話題はなるべく俺が避けたい内容だった。しかし、彼女の好奇心が躍る瞳を見て、少女が話したい内容はまさに俺が避けたい内容なのだと、瞬時に俺は理解した。

「なぁ、転生者は三宝神殿で三年間、生きていく術を教えてもらえるんだろ？　どんな内容だったんだ？　教えてくれよ！」

「……別に、大した事じゃねぇよ」

「でも、自分の天職に合わせた修業が出来るんだろ？　技能も磨けるっていうし、素養があれば、《魔法》だって教えてくれるっていうじゃないか！」

ニーネの視線が、俺に突き刺さる。このアブベラントで生まれ、『冒険者』となったニーネにとって、望めば三年間で一端の『冒険者』にも育ててくれる三宝神殿での出来事は、知りたくて知りたくてたまらない情報のはずだ。別の世界からやってきた俺たちが三年間で、独り立ち出来るようになるのだ。ニーネからすれば、転生者である俺たちが受けた訓練内容を自分が行えば、すぐに新人を卒業出来るだけの実力が手に入ると、そう考えているに違いない。

だが――

ニーネは、期待しているのだ。俺が自分を成長させてくれる何かを持っているのだと。

「悪いが、お前が期待しているような裏技なんか存在しないぞ」

「で、でもっ！」

「今強くなっても、お前の仲間は帰ってこねぇよ」

俺の言葉に、ニーネの動きが止まる。俺は更に、同じ言葉を繰り返す。

「今強くなっても、お前の仲間は帰ってこない。今の自分に足りないところがあると気づくのはいいが、無理して背伸びしても死ぬだけだ。そもそも、三宝神殿に三年も籠るぐらいなら、身の丈に合った実戦を『冒険者』として積んだほうがいい」

「……それは、アンタがこっちでうまくいっているからだろ？　組合にも所属せずに生きていけるなんて、それだけの実力があるから何不自由なく生きられるんじゃないのかよ！」

「俺が、うまくいっている？　何不自由なく生きられる、だって？」

ニーネの言葉に、俺は思わず笑ってしまう。浮かべた笑みは自嘲の形を作り、脳裏に浮かぶのは、この世界でしてきた絶望と挫折の数々だ。

「それは、お前の生き方が自分の天職とあっていると思えるからさ。まぁ、生まれた時から天職が存在しているから、違和感を持つまでもなく、天職の生き方が出来るのかもしれないがな」

「アンタは、違うのかよ？」

その疑問に、俺はこう吐き捨てるように答える。

「ああ、捨てれるものなら捨ててしまいたいよ。暗殺者(アサシン)の才能なんて」

そもそも転生者は、生前強い未練を抱えてこのアブベラントへやってくるのだ。当然、未練は前の世界で、前世で抱えたものであり、この世界に転生した時点で、転生者が抱えた未練は果たす事がほぼ不可能となる。俺の場合、生き返って嘉与(かよ)を治療するという願いは、もう二度と叶(かな)う事はない。

この世界に嘉与はいないし。

嘉与は、もう死んでいる。

俺の世界で。

俺が死ぬ前に、既に。

「転生者は、前世の未練を叶えられない。だからその一部でも、この世界で叶えようとするのさ。願いの代替行為。それが叶う転生者もいるだろう」

俺は、違った。

「俺は、生かせる人は生かしたかった。傷ついた人を癒したかった」

「嘘(うそ)だろ？『復讐屋』の、アンタが？」

「笑えるだろ？」

こちらを見て啞然(あぜん)とするニーネに、俺は苦笑いを返すしかない。

「天職を変えれるのであれば、俺は今からでも癒やしの力に特化した《魔法》が扱える神官(プリースト)になりたいよ。だが、天職の入れ替えなんて出来ないだろ？　でも、それでもこの世界で、俺は誰かのために何か出来ると思っていたのさ。だから三宝神殿では全力で学んだ。暗殺者組合(アサシンギルド)では必死で暗殺者としての技能も磨いたし、複数ある技能をより単純化し、汎用性を上げ、自分独自の技能、切除(レセクション)を生み出しもした。だが、俺に与えられたのは、どうしようもなく殺しの才能だったんだ」

切除を生み出すまでに要した時間は、アブベラントにやってきて半年もかからなかった。そして殺すという意味を再現するこの技能は、絶望的なまでに殺す事だけに特化していた。俺が切除を利用するには、いくつか制約がある。

一つ。刃物を利用する事。

二つ。刃物に宿せる『殺す』という意味は、一つだけである事。

三つ。宿した『殺す』意味が発動するのは、刃物が当たった対象である事。

……俺はこの力を、治療に使う事が出来ない。

力が、強すぎるのだ。これでは患部だけ取り除くのではなく、健康な部位まで切除してしまう。それならまどろっこしい事をする必要はなく、先に回復薬(ポーション)を使うという選択になるだろう。

そして技能だけでなく、全力で学んでいた言語の上達速度を軽く超え、半年間、片手間で行っていた師匠との修業で、俺は適性がないながらも暗殺者に特化した《魔法》すら修めていた。

そんな俺を見た師匠はまた、あの笑みを浮かべていた。そして言ったのだ。

『お前はいずれ、この世界を殺し尽くす』

それでも、認められなかった。師匠の下を飛び出し、暗殺者組合を抜け、冒険者組合に入り、商業者組合に入り、無償で依頼をこなし、奉仕活動を続け、アブベラント中を飛び回り、何かを殺す以外の技能を学び、《魔法》を学んだ。

しかし、それらは全て、最後には切除に集約された。

つまり、全て殺す術になったのだ。

技能は一定の現象を再現する特性があるため、複数覚えるよりも一つに集約した方が技の練度も格段に上がりやすい。殺すという意味を集約した俺の技能は、敵の命を切除し、相手の行動を切除し、空間を切除して瞬時に移動する事も出来る。そしてその結果、俺の通った後には、人族、亜人、魔物といった種族問わず、老若男女、貧富の差を問わず、死屍累々が積み上げられ、死の道が出来上がっていた。

　無駄な足掻きで、付与魔法を使い、自分の殺しの才能を捨てられないか試してもみた。付与魔法は力を移管する《魔法》だ。自分と相手の境界線という概念を曖昧にし、力の行使する側とされる側で力の行き来を行う。その特性を利用して、魔法使い大量誘拐事件なんてものも起きたが、俺はこれを応用して自分の才能を別の人や道具に移管出来ないか試したのだ。だが、結果は散々なものだった。今も俺は、誰かを殺し続ける事しか出来ないでいる。

　かつて師匠が言った言葉が、脳裏に蘇った。

「俺が前の世界で学んだ知識は、経験は、想いは、全て殺す術として活かす事が出来る。この世界でそう判断されたからこそ、俺の天職は暗殺者なんだよ。生かそうとする事は、殺そうとする事と同義なんだ。生かし方に精通すれば、殺し方に精通する」

　止血を例にすれば、わかりやすい。どこの血を止めればその人を助ける事が出来るのかわかるという事は、逆にどこを傷つければ死に至るのかがわかるという事だ。この世界で、アブベラントで誰かを生かす術は、《魔法》や回復薬なのだ。だからこの世界の医療技術は、生前の世界と比べて格段に低い。高くする必要性がないから、解剖刀（メス）すら存在していない。

「だから悪いが、俺はお前の期待に応える事は出来ないよ。俺は失敗したんだ。自分の望みの一端も叶える事が出来ず、ただ、今を生きるためだけに生きているのさ」

だから俺は、裏技なんか知らない。知っていたら、もっとうまくやれている。だから俺は、三宝神殿での、そしてそれを含めた三年間を極力思い出したくなかった。あの三年間は、俺が女々しくあがいていた時期だから。嘉与を救いたいと思っていた自分自身の、その全てが無駄だったと、認めきれなかった時期だから。

「て、とまってる」

ミルにそう言われ、俺は思わず苦笑を浮かべる。俺は解剖刀を削る作業に戻ろうと、手を動かそうとした。

「……アンタ、すげー人だったんだな」

動かそうとしていた手が、止まる。

「何?」

「だって、そうやってさ。自分でどうにかしたい事があって、でもどうにも出来なくって、それでもどうにかしようって、足掻いてきたんだろ?」

そう言って、ニーネは俺の方を見つめていた。その真っ直ぐな瞳が俺には眩しすぎて、少し息苦しい。

「それって、すげー大変だろ？　アタシは今、金もないし、実力もない。仲間も死んだ。何もない。でも、アンタも、そうだったんじゃないかって、今のアタシと同じなんじゃないか、って、そう思ったんだ」

「……なんだ？　一丁前に同情でもしてくれるのか？」

「そーじゃねーけどよ。でもアンタ、出来る事、やったんだろ？　やれる事、全部やり切ったんだろ？」

　誰しも出来る事と出来ない事がある。出来る事は出来るが、やれないものは、やれないのだ。だから――

「ならアンタ、根性あんな」

　ニーネがそう言って、笑う。次の瞬間、甲高い金属音が鳴った。ニーネの猫耳が垂直に立ち、彼女の首が高速で自分の仕掛けた罠の方を振り向く。

「かかったっ！」

　ニーネが、沼地の中を嬉しそうに走り出した。先程まであれほど嫌そうにしていたにも拘わらず、今は泥が付くのも厭わずばしゃばしゃと全力で走り出す。彼女は自分で仕掛けた罠を、沈めた沼地から奇声を上げながら引き上げた。中には巨大な鼬が収まっている。

それを見て、ニーネはさも嬉しそうに笑った。

罠を引き上げた時の飛沫（しぶき）が、宙に舞う。それが日の光に照らされて、宝石のように雫（しずく）が煌（きら）めいた。

「じゃあ、ここで待ってろよ。本当に、回復薬も持って行かないからな」

そう言って俺は、鼬が詰め込まれた木箱を持ち上げる。幸い、ニーネたちが入ったという地下迷宮（ダンジョン）の入り口はまだ開いた。入り口は半壊した洞窟のような形をしており、土に埋もれている。だが、人が入れない程狭くはなっていない。その穴を見ながら、ニーネは口を開いた。

「わかってるって！　ここで待ってればいいんだろ？　でも、その子は連れて行くのかよ」

手斧（アッズ）を手にしたニーネの視線は、当たり前のように俺の傍（そば）にいるミルに注がれている。

それに対して、ミルは特に何も反応を示さない。ただただ無表情で、地下迷宮の入り口をじっ、と見つめている。

「安心しろ。こいつは一人で地下迷宮に潜っても問題ない」

「そんな子供がぁ？」

胡乱（うろん）げな表情を浮かべるニーネに、俺は肩をすくめる。

「自分の家みたいなもんだからな」

「さき、はいってる」

そう言って、ミルは俺を振り返りもせずに地下迷宮へ入っていった。その後に、俺も続く。入り口の前で、俺は振り向いた。

「わかっていると思うが――」

「わかってる！　わかってるって！　何度も言われなくてもっ！」

「来ても俺は――」

「いいから行けっ！」

ニーネに背中を押され、俺も地下迷宮の入り口に入る。途端に、箱の中の鼬たちが騒ぎ始めた。

「もっと、おく」

ミルが、暗闇の中でそう言った。俺は木箱を一度置き、燐寸(マッチ)を擦って洋灯(ランプ)を灯(とも)す。洋灯をかざすと、この地下迷宮は壁や床が土と岩で出来ている事がわかった。地下迷宮は、必ずしも同じ迷宮に繋(つな)がっているわけではない。石垣の迷路のような地下迷宮もあれば、人間が造ったのかと錯覚するような壁一面が煉瓦(れんが)で出来た地下迷宮もある。

この地下迷宮は入り口のイメージ通り、洞窟のような形らしい。入り口は狭かったが、中は巨大な空洞となっている。ひんやりとしていて、少し空気が湿っている気がした。

光源は入り口からの光と、俺の手にする洋灯しかない。洋灯の明かりで、ミルの瞳が輝く。

ミルがこちらにやってきたので、洋灯をもたせる。俺が木箱を担ぎ直したのを見て、彼女はすぐに歩き始めた。

「こっち」

俺は、ミルに言われるがまま歩みを進めた。進める度、箱の中身が荒れ狂う。それに呼応したかのように、地下迷宮の奥から唸り声が聞こえて来た。まるで洞窟が意思を持ったように震え、空気が振動。俺の肌に直接、洞窟に住まう何かの息吹が届く。

ミルが、前を向いたまままつぶやいた。

「そろそろ」

「わかった」

俺は解剖刀を取り出し、俺とミルの影に向かって投擲。切除を発動し、気配を殺す。箱の蓋を開けると、目の血走った鼬たちが勢いよく飛び出してきた。十四の鼬は威嚇のために吠えながら、地下迷宮の一方向に集まっていく。その一角から、咆哮が聞こえてきた。

そこから、ぬっと影が蠢く。

鱗に覆われた、二本の幹のような足。蝙蝠の羽を威嚇のために広げ、鶏の頭を備えた怪物が、鼬に向かって猛り吼えた。吠えるそいつの全長は、十二メートル程の魔物。

後を追うものだ。

　俺はすぐさま、解剖刀を後を追うものに向かって投げ、切除を発動。後を追うものの視界から俺とミルの存在を消して、俺たちへの石化能力を無効化する。解剖刀が後を追うものの額に当たり、魔物が猛った。だが、攻撃した俺の姿は奴の視界には映らない。後を追うものは、混乱したように辺りを見回す。

　その隙を突いて、鼬たちが魔物に飛び掛かった。その瞬間、後を追うものはすかさず行動を開始する。自分の天敵の存在に、奴も気づいたのだ。

　後を追うものは巨体を振り回して、壁を蹴り上げる。強烈な振動で地下迷宮の壁が崩れ、岩が鼬たちに向かって降り注いだ。接近されるのを嫌い、地下迷宮そのものを武器にした魔物の攻撃に、鼬が二匹落石に巻き込まれて悲鳴を上げる。だが、鼬たちも大人しく殺されるような真似はしない。

　降り注ぐ岩を果敢に避け、何匹か鼬が後を追うものの首に食らいついた。鶏の口から、甲高い絶叫が迸る。

　俺はその勝負の行方を、自分とミルの頭上に降り注ぐ岩に解剖刀を投げ、破壊しながら見守っていた。解剖刀が岩に当たり、切除が発動して粉砕する。ミルの手にした洋灯の光を遮るように、破砕した岩が粉塵となって降り注いだ。

　その礫をものともせずに、鼬たちは後を追うものに群がった。後を追うものから、断末魔の悲鳴が上がる。

だが――

「まだ、くる」

ミルの言葉通り、それは暗闇の中から、シュッという音を立ててやってきた。頭には雄鶏（おんどり）の鶏冠（とさか）と角、そして体には羽毛と翼。更にそれは、蛇のような尾を持っている。倒れ伏した後を追うものと勝るとも劣らない程の巨体をした蛇の王（バジリスク）は、叫び声の代わりに炎を放つ。三匹の鼬が、一瞬で消し炭となった。

炭となった鼬が宙に漂う間を縫うように、俺は既に解剖刀を抜き、放っている。切除が発動して、蛇の王の視界からも俺たちの姿を消し去った。

だが、蛇の王と鼬たちの争いはまだ続いている。いや、今は鼬たちの方が分が悪い。後を追うものと蛇の王の石化の視線は鼬たちに効果はない。だが、燃え盛る火炎は別だ。近づけなければ、鼬の毒も魔物まで届かない。

俺は援護のため更に解剖刀を抜刀、投擲、切除を発動して蛇の王の視界そのものを殺す。

蛇の王にしてみれば、突如目に見える世界全てが消失したかのように感じた事だろう。

蛇の王が無作為に業火を撒（ま）き散らし、手当たり次第に足を、尾を、翼を、体を振り回す。狂える魔物（モンスター）の体に巻き込まれ、鼬が圧殺された。自分の毛に引火した鼬が、悲鳴を上げながら延焼する。燃える獣の体に押しつぶされた仲間の鮮血と臓物が降り注ぎ、有機物を焼いた独特の嫌な臭いが漂う。

　そこに、あるはずのない白銀が煌めいた。ニーネの手斧だ。来るなと言っていたのに、勝手についてきたのだ。蛇の王の視界は俺が殺しているため、彼女が石化される事はない。

　彼女の技能か、手斧はぶれる事なく一直線に蛇の王の喉元に着弾する。魔物の喉から鮮血が噴出し、蛇の王自身が吐いた炎を鎮火した。焼かれた血と肉の臭いが、地下迷宮中に充満する。弱った蛇の王に、生き残った鼬が飛び掛かった。蛇の王は一瞬大きく痙攣した後、その後僅かばかりも体を動かす事はない。決着は、決したように見えた。

　しかし、蛇の王が事切れた後も、ニーネは手斧を手にして蛇の王の体に近づくと、何度も何度も振り下ろしていた。

「クライトンの仇だ！　ゾルクベブの仇だ！　イルラルマの仇だっ！」

「おい、あまり死体に傷を付けるな。汚い遺体は買い叩かれる」

　自分とミルにかけていた切除を解除し、気配を元に戻してニーネに話しかけるが、彼女に俺の言葉は届かない。興奮したニーネは、なおも物言わぬ肉の塊に、自分の激情をただただ叩きつけていた。

「ここからだったんだ！　アタシたちは！　ここからなんだ、アタシはっ！　ここから、ここからぁぁぁあああっ！」

「……まだ、他の魔物がやってくる可能性もある。お前が聞いた人の笑い声の件もあるから、気を抜くなよ」

「死ね、死ね、死ね死ね死ね死ね死ね死ね死ね死ね死ねっ！　あははは！　ここから！　ここから一流の冒険者になるんだ！　アタシはっ！」

仲間の仇討ちをしたニーネの激情は、すぐに冷める事はなさそうだ。もう魔物が死んでいる事にすら、気づいていないのかもしれない。

嘆息し、俺は死んだ後を追うものの下へと向かう。地下迷宮から出すため、体の部位ごとに解体しようとしたその瞬間、違和感を覚えた。

「におう」

ミルがそう言うが、俺は何も臭いを感じない。俺が覚えた違和感は、臭いではなく、ここにあったはずの鼬の死体がなくなっていた事だ。死体が動くだなんて、腐死者（ゾンビ）にならない限りありえない。そしてこの場に、腐死者も吸血鬼（ヴァンパイア）もいなかった。

急いでミルの方を振り返る。だが彼女は、蛇の王に手斧を振り上げるニーネの方へ視線を送っていた。

「くさい」

その瞬間、俺も腐臭を感じた。更にニーネが聞いたという、笑い声も聞こえてくる。その笑い声のする方へ、俺は反射的に解剖刀（メス）を投擲。切除を発動していた。この解剖刀に宿した『殺す』という意味は、文字通り当たった相手を死に至らしめるものだ。そして、それが何かに直撃したのだろう。地下迷宮に響いていた笑い声が悲鳴に代わるのと、俺がミルの手を引いて後ろに下がらせるのは、ほぼ同時だった。

地下迷宮に反響する悲鳴を聞いて、ようやくニーネが我に返る。

「な、なんだ！」

「ニーネ！　何か来る！　早く――」

こっちに来い、と言い切る前に、彼女が手斧を振り上げた腕に何かが食らいつく。皮膚が裂け血が噴き出し、筋肉繊維が剝(む)き出しになり、骨まで露(あら)わになる。

ニーネの右腕に食らいついたのは、人の顔だ。顔は人の形をしているが、首から下は鳥の形をしていた。幅広の翼を広げ、ニーネの腰の高さほどまである掠める女(ハルピュリア)はニーネの肉を食らい、血を啜(すす)りながら、狂笑を上げる。

その醜悪な掠める女は、一匹ではない。落とした飴玉(あめだま)に群がる蟻(あり)の如(ごと)く、汚物や汚臭を撒き散らし、掠める女たちはニーネの左足へ、その四肢へと食らいつく。

二十四以上いると思われる掠める女はニーネだけでなく、先ほど俺が切除で屠(ほふ)った同族の死骸にも食らいついていた。だがその悪食な魔物は自らの食欲を満たさんと、新米の『冒険者』に迫り、口を開く。

「畜生！　放せ！　放せよっ！」

ニーネが抵抗するも、魔物たちは彼女に覆いかぶさる。多勢に無勢で押し倒され、掠める女たちの聞くに堪えない合唱が響いた。こうしている間にも、足の鉤爪と一面羽毛で覆われたぼてぼての太鼓腹に、彼女の血肉が浸されていく。

　俺は更に解剖刀を抜くと、切除を発動。連続で解剖刀を投げ放ち、断末魔すら上げさせず、解剖刀が当たった順番に掠める女たちを端から端まで絶滅させた。

　俺がニーネの下に辿り着いた時には、彼女の右腕は千切れ、左腕は噛み痕だらけでズタボロとなり、両足は辛うじて骨だけ繋がっている状態だ。何か話そうとしたのかニーネが口を開くが、吐血が泡となり、言葉が出てこない。俺は彼女の体を抱え、喋りやすいように気道を確保する。

「な、にが、ち、がった、の？　アタ、シと、ア、ンタ、何が、違、う？　なんで、アタシ、こんな目に、あってるの？　どこで、ア、タシは間、違え、たん、だ？」

　光を失いかけたニーネの瞳が、俺を見上げる。こうなったのは、完全にこいつの自業自得だ。元々、ついてこないという契約だったのだから。ただでさえ赤字の契約だったのに、面倒な事をしてくれたものだ。

　……魔物の解体を始めるか。

　抱きかかえたニーネを地面に横たえようとした所で、その手が摑まれる。

「ミル？」

「どーせ、いらい、あかじだった」

その一言に、俺の瞳が揺れる。ミルが、俺がこの世界に来てからの懊悩（おうのう）を知る彼女が何を言おうとしているのか、俺には十分理解出来た。しかし、俺の胸中には、だけど、しかし、でも、という単語が溢（あふ）れて渦を巻いている。

そんな俺の心を見透かすようなミルの碧色（へきしょく）の瞳が、こちらをじっと見つめていた。俺の震える唇からは、情けない声しか出せない。

「でも、僕は――」

「まだ、いきてる」

その一言に、俺は歯を強く噛んで、自分の意志を決める。

虚（うつ）ろな瞳のニーネを地面に下ろし、俺は解剖刀を四本引き抜いた。

「な、にを？」

その問いに答える事もせずに、俺はニーネへ解剖刀を投擲。切除を放つ。四本のそれが彼女の四肢に突き刺さった瞬間、彼女の両手両足が綺麗（きれい）に切り離された。だがその傷口からは一滴も血が零（こぼ）れる事はない。傷ついた箇所だけを殺せないため、腕、足ごと殺してバラしたのだ。

「これで、抱えやすくなったな」

そう言って俺は、両腕と両足がなくなり、かなり軽くなったニーネを担ぎ上げた。いくら腕がもげようが、足がなくなろうが、この世界には《魔法》が、回復薬（ポーション）が存在する。前世で俺がどれだけ足掻いても治療出来なかった嘉与の病も、今ニーネが負っているような傷も、金を払えばたちどころに修復出来るのだ。生前の世界の事を思い出し、鈍い痛みが俺の胸中に広がる。

「で、も、魔物の、死体、は？」

抱き上げた彼女が、俺に質問する。確かに、今ニーネの生命を優先すれば、依頼の報酬となる後を追うものと蛇の王の死体の回収は、諦めなければならない。後から戻ってきても、次にこの地下迷宮の入り口が残っている保証など、どこにもないのだから。つまり今回、俺は完全なただ働きになる可能性が高い。加えて、ニーネは既に、血を流し過ぎている。今ドゥーヒガンズに戻ったとしても、ニーネが助かるかは五分といったところだ。

誰しも出来る事と出来ない事がある。出来る事は出来るが、やれないものは、やれないのだ。

だが――

「そーごほかんかんけー」

「……だ、そうだ」

「意味が、わから、ない」

ニーネのその言葉には答えず、俺はミルも抱き寄せて立ち上がる。そして同行者二人を抱えて地下迷宮の出口に向かって走り出した。ニーネが戸惑いの呻き声を上げる。そういう反応をされると、自分の判断が間違っていたんじゃないかと思えてきた。

しかし、俺が抱えているもう一方は、まるでそれでいいと言わんばかりに、俺に縋(すが)る手を少しだけ強めるのだった。


結局この日、俺は大赤字だった。

ドゥーヒガンズに戻ってニーネをジェラドルに押し付け、ミルと共にまた開拓者街道(パイオニアレーン)へ戻って見たものの、俺たちが潜った地下迷宮の入り口は影も形もなかった。流石(さすが)に収入がゼロなのを看過する事は出来なかったので、何匹か開拓者街道の魔物を狩って夕暮れ前に帰路に就く。再度戻ったドゥーヒガンズの北東側にある入り口で、にやけ面のジェラドルに出迎えられた。

「明日は、雪でも降るんじゃないか？　あのチサトがただ働きとはな」

「……そんな事を言うためにわざわざ待っていたのか？　暇なら、こいつを冒険者組合(ギルド)で色よく買い取ってもらえるよう交渉してきてくれよ」

鬼(オーガ)など魔物の臓物が入った麻袋を、ジェラドルに投げつける。彼は慌ててそれを受け取るが、受け取った拍子に袋の口から魔物の鮮血が噴出。ジェラドルに血の雨が降り注いだ。

「馬鹿！　お前、何て事しやがるっ！」

「お前こそ、もう少し考えて受け取れよ。血だらけで警邏(けいら)に出たら、逆に通報されるぞ」

「お前のせいだろうがっ！」

怒るジェラドルから袋を投げ返され、俺は難なくそれを受け取った。当然、血まみれになるような間抜けは晒さない。右手で麻袋を担ぎなおし、こいつが幾らになるのか考えながら、ドゥーヒガンズの入り口をくぐる。その俺の背中に、ジェラドルの舌打ちと悪態が投げつけられた。

「こんな目に遭うんだったら、助かったって伝えに来なけりゃよかったぜっ！」

俺の足が、一瞬止まる。そんな俺を、ミルが見上げてきた。

……新米の『冒険者』が、ジェラドルを慕う理由が何となくわかったよ。

俺は左手を挙げ、背後のジェラドルに向かってそれを振る。返答は、鼻を鳴らした音だった。下ろしたその手を自然な動作で、ミルの小さな手が掴んで来る。

右手には強烈な鉄の臭いに、魔物の血潮の生暖かさ。背後には俺を睨む盗賊顔。左手には人肌の温もり。そして前方には、夜の町へと変貌していくドゥーヒガンズの姿があった。

前後左右、全く統一感もなく、落ち着きが微塵も感じられない。

けれども俺の口角は、少しだけ吊り上がっていた。

第三章

俺は、一体何のために生きているのだろうか？

アブベラントにやってきて、四年が経った。流れに流れて、俺はドゥーヒガンズという町で、ただただ漫然と時を過ごしている。町の中にいても、どこか一つの場所に住んでいるというわけでも、金を貯めようとも思わない。ただただその日に必要な金を稼ぎ、泊まれる場所に、泊まる。生きるために金を稼いでいるが、何のために生きているのかわからない。気晴らしに女を買う生活も送ってみたが、それで何がどうなるという事も全くなかった。これじゃ、前の世界にいたときと何も変わらない。

自ら自分の人生の幕を引くという事も考えたが、嘉与の顔が脳裏をちらついて、実行に移す事が出来ない。自分は死んだのに、生を謳歌出来ないのに、二度目の生を自分の手で捨てるのはずるいと、嘉与から責められている気がしたのだ。

何はともあれ、生きていくには金が必要だった。ある時、『冒険者』が地下迷宮に残した遺品を探してきて欲しい、という依頼があった。俺は、それを受けた。地下迷宮に潜るのは初めてではなかったし、金もそろそろなくなりそうだったから。

依頼で訪れた地下迷宮の入り口は、半壊していた。だが、それが何だと言うのだろう？俺の技能、全てを殺す力の前では全てが存在していないに等しい。俺は解剖刀を引き抜き、切除で半壊した地下迷宮の入り口を強引に吹き飛ばした。土煙が舞い、四散、飛散した岩石が降り注ぐ。近くに人がいたり、地下迷宮の入り口に誰かいた場合を考慮して地下迷宮を掘り起こす場合は慎重を期するらしいが、知った事ではない。

……どうせ、俺には殺す事しか出来ないんだからな。

洋灯に火を入れ、地下迷宮に入る。中は少し蒸し暑く、だが空気は乾いている。洋灯で照らすと、壁は均等に切り分けられた長方形の岩が積み上げられて出来ていた。地下迷宮は地震で地下階層に埋もれていたものが地表に出てくるものだが、どんなものが出てくるのかは、俺どころかこの世界に住む人でも予想がつかない。

俺は更に洋灯を地下迷宮の奥に掲げるが、ただただ暗闇が広がっているだけだった。どうやら、かなり馬鹿でかい空間のようだ。俺は露骨に舌打ちをする。

……こいつは、遺品を探すのは骨が折れそうだな。

視界の悪い状況、そして中がどうなっているのかわからない地下迷宮での捜索は、時間がかかるに決まっている。

そう考えていたのだが、遺品はものの二十分も経たずに見つける事が出来た。依頼人が恋人に贈ったという、項練（ネックレス）だ。一定時間ごとに回復効果を持つ『魔道具』なのだそうだが、その項練を着けた首なしの死体を見る限り、死んだ後はその効力を発揮するようなものではないのだろう。

死体の状況を観（み）るに、死因は頭部が切断された事による即死以外ない。左腕の咬創（こうそう）と右腕の刺創は、恐らく死体となった後に別の魔物（モンスター）が捕食した跡だろう。当たり前だが長期間死体を放置すれば肉は腐るし、それを食いに来る魔物もやってくる。

……そしてその魔物の食い残しを、虫どもが奪い合っている、ってわけか。

死体を蹴り飛ばすと、虫と屍肉（しにく）が飛び散り、乾いた血が剥がれる音がした。散らばるそれらの中から、俺は解剖刀（メス）で項練を拾い上げる。そしてそのまま二、三回転させてまとわりつく虫どもを吹き飛ばしてから、俺はそれを麻袋にしまった。

来た道を引き返そうとした直後、俺は洋灯を置き去りにその場から飛び跳ね、解剖刀を背後に向かって投擲（とうてき）。切除を発動させて、空間をなくした（殺した）。削り取られた空間、つまり空気を埋めようと周りの空気が動き、気圧が変化、強風が発生する。解剖刀が砕けて宙に漂う中、飛び跳ねた俺を風が強烈に後押しし、俺は高速の大跳躍を成功させた。

洋灯が地下迷宮の床に落ち、砕け、俺が蹴り飛ばした死体を巻き込んで燃え上がる。俺の視界から見て、火柱の左側。暗闇が広がるそこから、眩（まばゆ）い光が一直線に俺に向かって打ち出された。

俺は舌打ちをすると、それに向かって迎撃用に一本、移動用に二本の解剖刀を投擲。先程よりも強い風が俺を吹き飛ばす。その最中、俺は迎撃のために切除を発動させた解剖刀が、俺を狙った光とぶつかる瞬間を見た。

金属が捻じ切れるような金切り音と、紫電が発生。稲妻が地下迷宮を眩く照らし、光の塊はその場で停止。瞬間、俺の投げた解剖刀が粉砕した。

……何っ！

全てを殺す俺の切除が、通じない。一方、眩い光も解剖刀に弾かれ、元に戻っていく。

そしてその光の源から、無機質な声が聞こえてきた。

「脅威になり得る要素を検知。要素の排除を実行します」

その光の先にいたのは、一体の人型だった。

その背から、先程俺に向けられた光の塊が生えている。それは直視出来ない程の、光源。光が強すぎて、相手の顔が見えない。だが、その光の有様は歪だった。

まるで出来損ないの翼だ。翼は左側がもげており、右側だけ生えた片翼のように俺には見える。その光源が質量を持ち、そこからその人型の技能や《魔法》が繰り出されるのだと俺は感じた。

そして、光の柱が、刀のように抜き放たれる。当然、俺も解剖刀を投げ放って応戦した。

居合切りのように抜刀されたそれは、俺の放つ切除と接触、火花を散らし、紫電が迸り、紅雷が猛り狂う。

一撃では決着がつかず、二度、三度と、俺の投擲する解剖刀の数は増え、一振り、二振り、三振りと、翼も平然と繰り出される。

技能と《魔法》、《魔法》と技能がぶつかり合い、尋常じゃない力学が発生。地下迷宮そのものを揺るがした。俺と光源がぶつかり合う度地下迷宮は陥没、隆起を繰り返す。その度に稲妻が生じ、もはやこの地下迷宮に暗闇が入り込む余地などなくなっている。

ここまで苦戦したのは、この世界に転生してから初めての出来事だった。そしてこの勝負、俺が圧倒的に分が悪い。俺の技能は刃物が、つまり解剖刀の本数だけの弾数制限がある。一方あいつは、制限なしだ。

「くっ……！」

ぎりぎりの所で躱したつもりだったが、俺は吹き飛ばされ、地下迷宮の外壁へと叩きつけられる。脇腹が抉れ、腕の骨が折れるが、懐の回復薬の瓶も一緒に割れたので、意図せず自分の患部を自動で回復するような形になった。細胞分裂が活発化しているせいか、傷口からは白煙が上がり、体が熱を帯びる。

俺を満身創痍にした正体不明の人型の正体に、実は俺は心あたりがあった。

……天使族か。

光源に照らされ、金髪が逆巻立つ。その方が翼を振るいやすいのか、両手で顔を押さえているため、その表情まではわからない。

しかし、絶滅したと思われている天使族を見つけたとなれば、それだけで俺は一生遊んでいけるだけの金を手に入れる事が出来る。太古の昔に消え去った《魔法》を扱えるという天使族から《魔法》を習うもよし、その《魔法》を『魔道具』にするもよし、何をしても金になるだろう。その《魔法》は現在アブベラントに存在している《魔法》を遥かに凌駕する力を持っていると言われているのだから。売り飛ばすなら、買い手は巨万といる。

……働かなくてもいい程の金が手に入ったら、俺はこれから何をして生きていくんだろうな。

光の死神を躱しながら、俺はそんなくだらない事を考えていた。だが、死んだように生きていた俺が唯一仕事をする時が、何かを殺す時だ。そう言う意味で言えば、この天使族の光源は俺の切除で殺しきる事が出来ないものに該当する。

奴の翼を俺が殺せない理由として考えられるのは、二つ。

殺した瞬間に新たな光源が生まれるのか、光源の表面は殺せるものの内側からすぐに新たな光源が湧き出てくるのか、だ。しかし、その原理はわからない。この世界で初めて、俺は自分が殺す事が出来ないものに出会ったのだ。

だが、そんな事は今はどうでもいい。無様に転がりながらではあるが、ついに俺は天使族の懐に入り込めたのだ。

……翼に防がれなければっ！

両手で覆う天使族の顔面に向かって解剖刀を放ち、切除を発動。だがそれを、弾いた翼が光の速さで飛来。俺の攻撃を、光源が阻んだ。

解剖刀が溶解、蒸発して衝撃波が起こり、俺たちの頭上を土砂が埋める。刹那、天使族はその手を顔から放した。それは、まったくの偶然の動作だったのだろう。

流石（さすが）に今の攻防で、天使族も傷を負ったようだ。その額に少し傷が付き、血が流れる。伝う赤の色は天使族の瞼（まぶた）を伝い、頬を流れ落ちた。まるで血の涙を流すようなその様は、そして今まで隠されていた、その顔は――

「嘉、与？」

一瞬停止した俺の隙を逃すはずもなく、天使族から怒濤（どとう）の連撃が繰り出される。光速に次ぐ光速の連打が、着弾。しそうな刹那に俺は何とか切除を発動して、連撃は回避する。しかし、今までで一番強く光の翼に打ち伏せられた。全身に衝撃が走り、俺はとにかく後退するため、闇雲に解剖刀を投げ放つ。

結果、なんとか天使族と距離を取る事が出来たが、その代わり俺は高速で床を転げ回る事になる。地下迷宮（ダンジョン）の地面にぶつかる度に俺の体は、皮膚は裂け、血に塗（まみ）れ、粉塵（ふんじん）に塗れ、回復薬（ポーション）の瓶が割れてそれが体に突き刺さり、鮮血が溢（あふ）れて溢れたそばから傷が癒えて、体内に入り込んだ硝子（ガラス）や砂利などを体が吐き出していく。

全身から湯気が立ち上り、重度の熱に苛（さいな）まれるような感覚を得ながら、俺は必死に自分の意識をつなぎとめていた。

……そんな、まさか。

ありえない。そもそも、嘉与（かよ）にしてはあの人型は幼すぎる。しかし、それにしては妹に似すぎていた。そう、あれは嘉与が目を覚まさなくなったあの時、俺が十五の時に事故が起きた時の嘉与と――

そこで、俺は気が付いた。この世界に俺が来た時に言われた、師匠の言葉を。

転生者（レインカーネーター）は、その未練、後悔を最も抱えた瞬間の姿で目を覚ます。

……もし、嘉与が事故にあった時の事を、一番未練を、後悔を感じていたのだとするのなら。

嘉、与。

そう口は動くが、言葉が出ない。体が回復しきっておらず、腕を僅かに前に出す事しか出来なかった。その先に佇（たたず）む少女は俺を見向きもせず、小さな口を動かした。

「脅威の収束を確認。ただし、安全地帯（セーフティーエリア）と判断出来ないため、継続して殺戮武装（ジェノサイド・ウエポン）、《翼》

の展開は継続します」

「ま、て……」

その言葉を口に出来たと思ったのは、どうやら俺だけだったようだ。翼を生やした彼女はついに俺に目を向ける事なく、その場から立ち去っていく。しかし、その眩い翼はこの地下迷宮ではどうしたって目立つ。

その光に向かって、俺は尚も手を伸ばした。

……嘉与、嘉与っ！

しかしその抵抗も虚しく、俺の体は殆ど動いてくれない。その代わり、無理に動かした痛みが脳髄を駆け巡る。毛細血管の先端まで、溶かした鉛を注がれたような灼熱が駆け抜けるその激痛が、逆に俺の頭を冷静にしてくれた。

……今追っても彼女には追いつけないし、負ける。まずは体を休めるのが先だ。

時間にして、三十分程だろうか？　ようやく身動きが取れるようになった俺は、立ち上がって懐の解剖刀の数を確認した。

……七本、か。

ついでにいうと、回復薬は全て割れてなくなった。あの少女を追おうとするなら、そしてその過程で必ず戦闘になるであろう事を考慮するなら、絶望的な状況だ。

しかし、俺の口が刻んだのは、笑みだった。

……絶望？　そんなもの、この世界に来てからずっと繰り返してきたじゃないか。

そもそも、嘉与がこの世界にいるのだとするのなら、今まで俺が経験してきたもの、今感じている絶望ですらなんて事ない。無理だと思っていた、叶える事が出来ないと思っていた俺の願いを果たせる可能性が、出てきたのだから。

たとえ彼女が嘉与でなかったとしても。

俺には、彼女を追わなくていい理由なんて存在しない。

彼女の放つ光は、随分小さくなっている。だが、そこに光は見えていた。

「待、ってくれ」

街灯の光に吸い寄せられる蠅のように、俺は引きずる足で歩き始めた。武器も乏しく、彼女に受け入れてもらえる手立てなど考えつかない。

それでも俺は、彼女の傍にいたかった。いなければならなかった。

……今度こそ、俺は、彼女を助けるっ！

たとえ、彼女が嘉与でなかったとしても。その過程で、何人殺す事になろうとも。

あの顔を、血の涙を流すような嘉与の顔を、俺は見てしまったのだから。

■■■■■■■■■■■■■■■■■■■■■■■■■■■■

　車輪が小石を噛んだのか、尻の下からひときわ大きな振動が伝わってきた。俺の隣には体操座りをしたミルが、無言で解剖刀を磨きながら馬車に揺られている。馬車が走る街道は砂利道となっており、外はまばらに木々が立っている程度。これなら魔物が襲ってきたとしても、すぐに対応出来るだろう。

　俺たちは今、依頼を終えて帰宅している最中だ。ドゥーヒガンズから少し西側、緑と砂漠の境目あたりで発生した魔物が子供を捕食する事件が発生し、俺に復讐の依頼が来たのだ。しばらく馬車に揺られていると、俺たちの進行方向から、別の馬車がやってくる。その御者はこちらの馬車に気が付くと、大きく手を振った。

「おーい、ちょっと止まってくれ！」

　すれ違う前に、互いの馬車が歩みを止める。馬車で荷運びを行う『商業者』同士の会話でもなされるのだろう。仕事も終わっている俺としても、無理に馬車を進ませる理由もない。

　こちらの御者が下りるのを尻目に、俺は立ち上がる事もしなかった。だから、こちらに声をかけられた時は少なからず驚きがあった。

「すみません、お客さん。どうやら向こうさん、お客さんに御用のようです」

「……俺に？」

　腰を上げると、ミルも一緒に立ち上がる。

「別についてこなくてもいいぞ」

「わかった」

ミルを残して馬車を降りると、一人の『商業者』が立っていた。俺たちの進行方向、つまりドゥーヒガンズからやってきた御者だ。禿頭の彼の肌は日に焼かれており、力仕事もこなすのか服の下からでも盛り上がった筋肉がわかる。

笑った白い歯が太陽に照らされ、眩く光った。

「おお、貴方が噂の『復讐屋』さんですか？」

「あなたは？」

無作法だが、悪気がない問いかけに、俺はひとまず仕事用の猫を被る事にした。俺の言葉を聞いた彼は、朗らかに笑う。

「俺の名前は、スタウ・レイヴンシンガー。見ての通りの『商業者』です。実は折り入って、貴方にお願いがあって参りました！」

「お願いというと、依頼ですか？」

「はい、そうです！」

「……どういったものでしょう？」

愛想笑いを浮かべながら、俺は思考を巡らせる。何か、裏があるかもしれない。依頼が終わった後に別の依頼を受けるのは、かなり稀だ。しかし、俺としても金を稼ぐ機会を失いたくない。

「実は今、依頼を終えて帰る最中でして。内容次第では、お断りさせて頂くかもしれません」

「大丈夫です、そんなに難しい依頼ではありません。実はここから北西に進んだ所に、腐死者（ゾンビ）がかなりの数発生しているのです。それを、貴方にどうにかしてもらいたいのですよ！」

　腐死者とは、生ける屍（しかばね）の事だ。生きている死体という、存在自体が矛盾している魔物だが、恐らく死靈呪法（ネクロマンス・カース）により、生と死の概念を反転させられた生物なのだと俺は考えている。その変換の過程で、種族すら変わるのだ。このアブベラント的な言い方をすれば、魂を奪われた存在、とでもいうのだろうか？　生と死を反転させられた結果、体の細胞は全て細胞膜や核などの破綻をきたし、修復不可能な細胞死状態となるのだろう。

　設備が限られた状態ではあるが、俺は以前腐死者の細胞を調査した事がある。腐死者の細胞の一部を色素に浸した際、色素を吸収した、つまり細胞が死んでいるのがわかった。一方、同じ腐死者から別の細胞を色素に浸すと、今度は色素を吸収しない、つまり生きた細胞も存在していた事がわかった。

　この結果から、俺は腐死者となった人は、自分にかかった死靈呪法を解くために、他の人を襲っているのではないか？　と推測している。細胞一つ一つに、死靈呪法がかかっているのだ。そして腐死者となった存在は、自分の死んだ細胞を復活させるための生存本能として、他の人に死靈呪法を移している。恐らく、全ての細胞にかかった死靈呪法が解ければ、腐死者は死靈呪法をかけられる前に、元の状態に戻れるはずだ。故に、元に戻る前に、生存に必要な脳や心臓が破壊されると腐死者は活動を停止する。元に戻ったとしても、脳と心臓が存在していないのであればその瞬間死亡するだけだからだ。

しかし、一度腐死者となった人が元に戻るのは不可能に近い。人間の細胞で考えると、その数は約三十七兆個以上存在する。それだけの存在を犠牲にする前に、腐死者は葬り去られる事になるだろう。

そう考えると、聖水(ホーリーウォーター)が腐死者に効果を持つのは、聖水が死靈呪法のかかった細胞に作用し、死靈呪法をこれ以上広めないように対処。そして最終的に、腐死者は活動を止めるのだと推察出来る。人体に侵入した異物の排除を行う、白血球のようなものだ。

スタウは俺に向かい、満面の笑みを浮かべる。

「実は最近、とてもいいお取引をさせて頂いているんです。『復讐屋』さんの事は、その方経由で知りました。何でも、お金次第で何でも仕事を引き受けて頂いて、それなのに冒険者組合(ギルド)よりも料金が安いとか！」

「それは、どうも……」

あまりにもあけすけに言うスタウに、俺は苦笑いを浮かべる事しか出来ない。だがスタウの話を聞いて、俺はいくつか納得がいった。

「なるほど。腐死者たちを追い払うために聖水を買い込んだり、『冒険者』に依頼するより『復讐屋』の俺に頼んだ方が安いと判断した、という事ですか」

「ええ。最近では冒険者組合が聖水を買い占めてドゥーヒガンズの周りに撒いているので、聖水の値段も一時的に高騰していますしね！」

　スタウの言葉を聞いて、俺は肩をすくめる。俺が関わったケルブート一家の悲劇に屍食鬼が絡んでいる事は、当然冒険者組合も把握していた。その一件からドゥーヒガンズの警備が強化され、死に関する魔物への警戒が強まっているのだ。

「グアドリネス大陸での商売は、開拓者街道からドゥーヒガンズ、そして北西部に広げようとしている最中なのです！」

「その、いい取引先の方とですか？」

「ええ、イマジニットさんとおっしゃるんです！」

　スタウの言葉に、俺はかつてドゥーヒガンズで話しかけられた『商業者』の事を思い出した。そんな俺をよそに、彼は言葉を続けていく。

「ですが、今腐死者たちが邪魔で商売を広げれなくて困っているようなのです。こんな中、更に吸血鬼なんて出てこられたら、俺もお手上げですからね！」

　そう言ってスタウは、腕を組む。

「どうも最近、死に係わる魔物の話題が多いですね。ドゥーヒガンズへの出入りも厳しくなったので、商売がなかなかやり辛くて俺も困ってるんですよ。イマジニットさんも、最初に考えていたドゥーヒガンズでの商売が上手くいかなかったようで。ですが、成功は失敗の母！　失敗した過程でいいお話があったみたいで、その中で俺と取引をして頂ける事になったんです。商売柄、腐死者と出くわす事もありますが、早く商いに成功して、ドゥーヒガンズの西側区画に住めるようになりたいものです！」

……商売柄、ねぇ。

俺も最近、どうにも死に係わる魔物に縁がある。まるでお前の周りには死が溢れていると、改めて誰かから言われているような気がした。

そしてすぐに俺は苦みを噛み殺したかのように、口角を吊り上げる。そんな事、今更だったと気が付いたのだ。

そんな俺に向かって、スタウは、革袋を俺に差し出した。

俺への依頼料だろうか？　革袋を開けると、大きめの宝石が二つ入っている。

「イマジニットさんの計算では、換金すれば一万から一万二千シャイナになるとの事でした。それで足りない道具を揃えて、腐死者たちの対応をお願いします！」

「……正気か？」

グアドリネス大陸の平均年収の四分の一を一括で俺に差し出すなど、正気の沙汰ではない。だが、スタウは本気だ、とでも言わんばかりに白い歯を見せて笑い、俺に頷く。これだけの金を払って腐死者を退ければ、彼には、そしてその取引先のイマジニットは、更に儲ける手立てがあるのだ。

……この男は、嘘をつける性格はしていないな。

「それじゃあ、頼みましたよ『復讐屋』さん！」

そう言ってスタウは、自分の馬車に帰っていった。俺も革袋を持って、自分の乗っていた馬車に戻る。戻った俺を、立ったまま待っていたミルが出迎えてくれた。

「ほーせき？」

「ああ、新しい依頼だ」

「うけたの？」

「このままこいつだけ持って、グアドリネス大陸から出ていく、っていう手もあるがな」

革袋をミルの前に見せると、彼女は僅かに、しかし、確かに首を振った。

「まえばらい。けーやく、せーりつ」

「まぁ、そうだな」

「やくそくは、まもるべき」

ミルにそう言われれば、俺は何も言えなくなる。小さく溜息を吐いて、革袋を懐にしまった。そしてミルを抱えて、馬車を降りる。俺が降りると、馬車はドゥーヒガンズに向かって動き出した。スタウの馬車も、既に町に向かって戻っている。

俺は受けた依頼の内容を、ミルに話した。

「あるいて、いくの？」

「それだと、流石に時間がかかりすぎる」

「どこか、よる？」

「そうだな。さしあたって、こいつの換金と、僕が使う解剖刀、正確にはその素材の調達が先かな」

「わかった」

そう言って俺は、来た道を戻り始める。宝石の換金と刃物が調達出来そうな場所は、今俺たちが乗ってきた馬車の乗り場があったドライガルチという町だ。ドライガルチに向かい、そこから北西方面へ出る馬車に町伝いで向かうのが良いだろう。

ミルの手を取って、俺は歩き始めた。無言で歩くミルは、スタウの馬車の方へと一瞥を送った。そして、小さくつぶやく。

「におう」

ドライガルチについた俺たちは宝石の換金と解剖刀を揃えて、スタウから受けた依頼を果たすために北上していた。しかし、道行きで出会う人、立ち寄った村で話を聞くも、腐死者と出会った、ましてやそれが大量に発生している、という話は聞かなかった。仕方なく更に北西へ足を延ばした村の酒場で、ようやく腐死者の話を聞く事が出来た。

麦酒（ビール）を運び終えた恰幅（かっぷく）のいい女将（おかみ）さんが、笑いながら腕を組む。

「ああ、それはあの塔のおかげさね」

「あの塔？」

「そうさ。代々天職（クラス）が魔法使い（ウィザード）の一家が住んでいる塔でねぇ。グアドリネス大陸の最北西に建っている塔なんじゃないかねぇ？　この辺りであった魔物（モンスター）絡みの事件は、大体あそこが解決してくれるのさ」

「じゃあ、その塔が腐死者の発生を抑えている、と？」

「あたしの聞いた話じゃ、腐死者を《魔術》？って奴（やつ）で塔に引き寄せているみたいだよ」

その塔の名前は、シエラ・デ・ラ・ラメ。

捻子（ねじ）を巻くように砂漠地帯にそびえ立つその塔は、巨大で頑丈な門を通らないと出入り出来ないそうだ。そこに今では人族（ヒューマン）はたった一人、少女だけが住んでいるという。

「なるほど。それでわざわざ、わたしたちの下へ訪ねてきて下さったのですね」

そう言って、シエラ・デ・ラ・ラメの門で俺たちを出迎えてくれた少女は、笑った。そばかすが少し残る、盲目の少女だ。丁寧に三つ編みにした金髪を、塔の住人、エミィ・

ソーントンは撫でる。

生まれながらに死んでいる細胞は、《魔法》や回復薬では修復出来ない。先天盲は既に細胞が死んでいるため、死んでいる細胞を分裂させても何も起こらないのだろう。腐死者も《魔法》で元の姿に戻せないのは、細胞死している状態だからだと思われる。

しかし、盲目という状態を少しも気にする様子もなく、エミィは口を開く。

「ですが、ご心配なく。この辺りで発生した腐死者については、わたしたちにお任せください」

自分の力に、絶対的な自信を持っているのだろう。そう言って少女は扉の前で、力強く頷いた。塔のそれは分厚く、そして無骨。更に四メートル程の巨大な鉄の扉だった。その扉を携えた塔は、更に巨大だ。

しかし、俺も仕事で来ている以上、はいそうですかと引き返すわけにはいかない。せめて、腐死者への対応方法について把握しておきたかった。

「なら、少しばかりこの塔で使っている《魔術》を見せてもらえませんか？」

「……それは、わたしの言っている事が信じられない、という事ですか？」

エミィが露骨に顔をしかめた。しかし、そんな少女に門の上から、声がかかる。

『そこの御仁は、別にお主の力を疑っているわけではあるまいよ。単純にこの塔で稼働している、《魔術》の仕組みが知りたいだけだろう』

本来であれば言葉を交わせる道理がない存在同士が、意思疎通が出来る違和感。

言語魔法（コモン・ルーン）を扱うその声の主を見るために、俺は視線を上げる。

そこにいたのは、怪物だった。

その顔は、醜悪で劣悪で凶悪。体は岩のようにざらつき、翼は飛ぶためというよりも、その重さを利用して振り回し、敵を圧壊するために使いそうだ。それは不浄なる存在を退け、建物を守る者。『石像鬼（ガーゴイル）』の姿が、そこにあった。

……なるほど。確かに、住んでいる人族は少女一人だけだな。

そう思っていると、石像鬼が重厚な口を開いた。

『入れて差し上げなさい、エミィよ。その御仁たちは、我らが退けるべき、塔に仇（あだ）なす不浄でも、悪意ある者でもない』

「でも腐死者（ゾンビ）ぐらい、わたしとルソビツのおじ様の二人でどうにか出来ます！」

ルソビツに向かって、エミィが顔を真っ赤にして抗議する。少女は首にかけた項練（ネックレス）を握り締め、見えない目で俺を睨（にら）みつける。

「とにかく、わたしとおじ様がいれば、問題ないんです！　わたしを守るのは、おじ様だけで十分なんですからっ！」

そう言って、エミィは勢いよく門を閉じた。門は少女一人で動かせるような大きさではない。何かしらの《魔法》を使ったのだろう。そんなエミィを見て、頭上の門番は大きな

溜息を吐いた。

『申し訳ないな、御仁たちよ。エミィに代わって、謝罪しよう』

「気にするな。あの少女からすれば、俺はエミィとあなた二人の世界を乱す邪魔者なんだろう」

『……エミィの両親は、病弱でな。エミィが生まれて間もなく二人とも亡くなったのだ。エミィ自身は幸い、盲目以外健康で生まれてきたが』

「エミィの両親が亡くなった後、あんたがエミィを育てたのか？」

『そうだ。だが、それが、良くなかったのかもしれん。エミィは両親の魔法使いとしての膨大な知識を受け継ぎ、《魔法》の才能に恵まれていた。が、恵まれすぎたのだろう。目が見えない劣等感もあったはず。エミィは、なんでも自分の力だけでやり遂げようとしてしまうし、実際《魔法》の扱いにも長けているので、うまくいく。とはいえ歩くのが遅いのは如何ともしがたく、周りの細かな事は我が助言するがな。育ての親である我には心を開いてくれるが、エミィの世界は、我とこの塔の中で閉じてしまっているのだ。あの子は自分の身の回りの事だけでなく、我の事も守ろうとし、守れると思っている。それだけではなく、我もエミィを守ってくれるのだと信じているのだ』

　その言葉に、俺は少なからず驚いた。

「あんたは、エミィを守るつもりはないのか？」

『無論、守るさ。石像鬼はその種族の性質上、不浄なものを遠ざける役割もある。その役割は果たす。それに、エミィの両親との約束もあるのでな。我はこの役割に、今のままで満足もしている。しかし、エミィは本気で、我がこの世界中の悪からエミィを守り切れると信じておるのだ』

「それはまた、盲目的な事だな……」

何事にも、出来る事と出来ない事はある。

この石像鬼にも、当然限界はあるのだ。

『故に、御仁たちよ。恥を忍んでお願い申し上げる。一度塔の中の《魔術》を見ていってもらえまいか？　エミィは両親の残した『魔道具』と自分の《魔法》を組み合わせ、一種の祭壇のような《魔術》を組み上げておる。その《魔術》があれば、エミィが常時《魔法》を発動させていなくとも、腐死者を引き寄せる事が出来るのだ。無論、腐死者を引き寄せるだけではなく、移動速度や向きなど、微細な調整はエミィの力を借りる必要があるがな』

「それでも、引き寄せるだけなら自動で出来るのか。それで、この塔に引き寄せた腐死者は、あんたが対応するのか？」

『そうとも。エミィが腐死者の行動を制御し、我が奴らを薙ぎ払う。無論、我が対応出来る数しか、この塔に来ないようエミィが調整してくれているのだがな』

「逆に言うと、エミィの《魔術》に不備があれば、彼女にも危険が及ぶ。《魔術》を見て行って欲しいというのは、エミィのためか」

『我もエミィ程ではないが、自分の娘のように思っているのでな。心配なのだ。もし願いが叶うのであれば、彼女の瞳を見てみたいとすら思うよ。彼女の両親の血を受け継いでいるエミィであれば、綺麗な藍色の瞳をしていたはずなのだが、それは叶わぬ願いだ。忘れてくれ』

そう言って、ルソビツは悲しそうに笑う。随分と人間味に溢れる石像鬼だ。俺はそんな彼に、こう告げる。

「《魔術》となると、俺が言える事は少ないぞ?」

『構わん。それに色々言ったが、我はエミィの力を信じておる。お主に頼みたいのはエミィの《魔術》の不備というより、もう少しエミィに世界を教えてもらいたいのだ。最近妖術師の気配も感じたのでな。エミィにもう少し、シエラ・デ・ラ・ラメの外にも興味を持ってもらいたいのだよ。あの子は、才能に溢れておる。より広い世界を知り、その才能をもっと羽ばたかせて欲しいのだ』

ルソビツは孫を思いやる老人のような優しい目で、そうつぶやいた。《魔法》の才能に溢れ、将来有望な未来のエミィの姿を幻視しているのだろう。俺の目にはその関係が、眩しく映った。

「ならその間、腐死者の事は任せてもいいのか？」

『任されよ。むしろ我は、基本的にこの門付近から移動出来ぬ。最近の仕事は、物資を運んでくる『商業者』との交渉と、腐死者を屠るのみよ』

「……わかった。しかし、門を開けてもらえない事には、俺たちは入れないぞ？」

『安心しろ。すぐにエミィが開けに来る』

　そう言ったルソビッツの言葉に、俺は首を傾げる。

「さっきの様子じゃ、もう少しかかりそうな気もするが」

『何、明日のおやつを抜きにすると言えば、飛んでくるさ』

「それは、きつい」

　石像鬼の言葉に、ミルが深々と頷いた。

「まったく！　どうしておじ様はあなたのような人を引き入れたのでしょうか？　それも泊まっていくだなんて、わたし、信じられませんっ！」

　エミィが歯噛みしながら、俺の方に文句を言う。エミィの歩く速度に合わせるため、塔の石畳で出来た廊下をゆっくり歩いていた。

　……何か、変な感じだな。

　塔の中に入ってから、少しだけ違和感を覚える。その正体に思いを巡らせながら、俺は肩をすくめた。

「だったら、俺たちを追い出せばいいだろ？」

「そうしたら明日、わたしが氷菓を食べれないじゃありませんかっ！」

「それは、しぬ」

地団太を踏むエミィの背中に、ミルが小声でつぶやいた。

「ほら！　早く祭壇の間に行きますよっ！」

ミルの言葉は聞こえなかったのか、エミィはどんどん先に進んでいく。逆に俺にしか聞こえない声でつぶやいたという事は、今のはミルなりのお菓子の催促なのだろうか？　ミルの顔を盗み見るが、相変わらずの無表情。無言で歩く少女たちの背を、俺も追う。

エミィが案内してくれた祭壇の間と呼んだ部屋は、薄暗い。だが、光が全くないわけではなかった。

地面には魔法陣が描かれており、淡く、青、赤、緑、黄、橙、紫と発光している。その四隅には巨大な抜き身の両手剣が付き立てられていた。刀身には文字が刻まれており、地面に描かれた魔法陣と同じように発光していた。今も《魔術》が発動しているのだ。《魔法》の素養が薄い俺にも、あそこから何かが発せられているのだとわかる。

……シエラ・デ・ラ・ラメに入って覚えた違和感は、こいつか。

「『魔道具』に、更に言語魔法を刻んで効果を高めているのか？」

「あら？　わかります？」

エミィが俺の言葉に、感心したように頷いた。

「付与魔法（エンチャント・スペル）が施された『魔道具』の力を、言語魔法で誘導させているんです。でも、そのままでは力と力が干渉してしまいます。それを、刻んだ自然魔法（エレメンタル・ソーサリー）の魔法陣で循環させるのです。その生じた力は――」

「いのち」

「そう！　生命を生み出す信仰魔法（デイバイン・マジック）に昇華させる事で、腐死者を誘導させるのです！」

「けんは、とけい？」

「その通り！　『魔道具』の配置場所、差し込む深さで、腐死者をいつ頃塔に引き寄せるのか調節するのですっ！　高度な知性はないから、これぐらいの仕掛けでも十分操れます」

エミィは楽しそうに話し、ミルは淡々と頷いた。俺はというと、途中から全く話に付いていけなくなっている。四種類の《魔法》を組み合わせて相乗効果を生み出すなど、一度に両手両足を動かして脳、心臓、肝臓、腎臓を手術しろと言われているようなものだ。

更にその効果が俺の才能と正反対の生に関する事では、理解するのは到底無理だろう。いや、常人にも理解出来ないと思われる。ルソビツが言っていた通り、エミィは魔法使い（ウィザード）としての才能に恵まれているのだ。それを《魔法》の素養が高いミルだからこそ、理解出来ている。

「ねぇ、聞いていいかしら？」

ミルとひとしきり話していたエミィが、俺たちに問いかけた。

「塔の外の家族というものは、どういうものなんですか？」

「……どういう意味だ？」

「ですから、他の家族の事が知りたいのですっ！」

エミィが憤慨する。

「目の見えないわたしでも、あなたと聡明なミルさんが血のつながった家族とは思えません」

「……随分な言い方だな」

「事実でしょう？　でも、あなたたちは家族です。わたしとおじ様がそうであるように。違いますか？」

「ちがわない」

とっさの事で言葉に詰まった俺の代わりに、ミルが間髪容れずにそう言った。だが、そのミルの言葉を聞いて本気で言葉が出てこなくなった俺には気づかず、エミィは言葉を紡いでいく。

「でも、おじ様はわたしに優しくて、優しすぎます。それが不満なのです」

「優しいのに、不満なのか？」

「優しすぎるのが不満なのだというのです！」

俺の言葉に、エミィが噛み付く。

「おじ様は、わたしを大事にしてくれます。嬉しいです。でも、わたしはおじ様に甘えているだけです。父と母の代わりに育ててくれて、助けてくれて、わたしはいつも、いっつも、何かをしてもらっているばかりです！　これは、一方的な関係ではないのでしょうか？　それとも、他の家族も同じなのでしょうか？」

首にかけた項練を握り締め、エミィは俺に独白した。それはかつて、俺とミルが通ってきた関係だ。俺が過保護となり、ミルはそれに不満を持った。そうした経験を経て、今の俺たちの関係がある。

彼女の言葉を借りるなら、相互補完関係という奴だ。

俺は思わず笑みを浮かべた。

ルソビツはエミィの視野を広げたいと俺に言っていたが、エミィは既に自分で新たな世界に興味を持ち、歩み始めようとしている。

「家族なんて、人の家庭なんて、本当に人それぞれだよ。歩む過程も、進む道も違うんだ。当然と言えば、当然だがな」

ある家庭では、子供への虐待を隠すため魔物に罪を着せようとしたところもあった。

ある家庭では、親を喰った嫁の腹から自分の子供を引きずり出したところもあった。

ある家庭では、娘が四肢をもがれながらも何とか一命を取り留めたところもあった。

「それに比べれば、エミィとルソビツの関係は健全そのものさ。安心しておじ様のいう事を聞いて――」

「……あなたも結局、わたしを子ども扱いするんですね」

エミィの言葉に、俺は不穏な気配を感じる。

「エミィ。ルソビツの言う事を聞いた方がいいというのは――」

「わかっています。意見を聞いて視野を広げ、自分にあった早さで成長していけばいい、って言うんでしょ？　おじ様と同じように！」

そう言ってエミィは、握り締めた項練を見て、不思議そうに小首を傾げる。

「どうしてかしら？　『魔除け』が、いつまでたっても反応しない」

今度は、俺の方が首を傾げた。

「なんだ？　それは」

「『魔道具』よ。おじ様の体と同じ成分で出来た石なの。悪意のある存在がわたしに近づくと、知らせてくれるんだけど……」

そう言ってエミィは、魔除けを俺の方に向ける。そして、更に訝しむ。

「反応しない。壊れたのかしら？」

「……おい」

「でも、少し前に反応したから、壊れてはないと思うんだけど」

そう言って、エミィは祭壇の間から出ていこうとする。その間際、少女は小さく言葉を零した。

「わたしは、今すぐ成長したいの。今すぐ、おじ様に恩返ししたいの。明日は、おじ様の誕生日なのに……」

その言葉が宙に消える前に、エミィは祭壇の間から出て行く。その後ろ姿を、ミルが無表情のまま無言で見送っていた。


異変を感じ、俺は飛び起きた。目覚めたのは、シエラ・デ・ラ・ラメの一室。今は深夜で、ここは宿泊用に俺たちに割り当てられた部屋だ。いや、それよりも——

「きえてる」

部屋の入り口で、ミルが俺にそう言った。ミルの言葉が、この塔で何が起きたのか的確に表している。俺が塔に入った時に覚えた、あの違和感が消えているのだ。

それはつまり、エミィに見せてもらった《魔術》が消えているという事だ。

俺は部屋の窓を開け、ミルを残して事前に聞いていたエミィの部屋の方角へ跳躍する。同時に解剖刀を投擲。俺とエミィの部屋の間にある空間を切除。疾風が巻き起こり、俺をエミィの部屋へと押し上げてくれる。

　エミィの部屋へ到達し、俺は窓に取り付いた。が、窓掛がかかっていて中が見えない。窓硝子ごと窓掛を切除し、部屋に侵入。部屋の中に、人がいる気配はない。机には、破れた便箋と、僅かな焦げた臭いを感じ、俺はすぐさま祭壇の間へと走り出した。

　石畳で出来た廊下を駆け抜けて祭壇の間へ入ると、昼間は淡く輝いていた魔法陣は、今は夜の闇と同じ色をしている。四方の両手剣は、日中見た時とは違う位置につき立てられていた。それが何を意味するのか、俺には理解出来ない。

　俺は祭壇の間の中央へ移動し、そこに置かれていた便箋を拾い上げる。便箋は焼かれ、焼かれて燃えた個所が文字になっていた。

『おじ様の誕生日のお祝いを買いに、近くの町まで行って参ります。《魔術》が止まっておりますが、ご心配なく。お昼には再度発動するよう調整しています。それまでにわたしも、町から戻ってくる予定です。おじ様には、安心してくださいとお伝えください』

　その手紙を持つと、急ぎ俺は塔の門、ルソビツの下へと向かう。彼はただ一人、門の番をしていた。エミィの部屋へ跳躍したように、俺は石像鬼のいる場所まで切除で移動する。

そしてルソビツに、エミィの手紙を届けた。

「エミィが門をくぐるのを許したのか？」

『いや、我は知らぬ！　窓の外に出たのも、お主だけだ』

「なら、他に出口があるのか？」

『いや、我は知らぬ』

「ちか」

　俺の部屋の窓からミルが身を乗り出し、地面に向かって指をさす。塔の中に戻ってミルと合流し、彼女の案内で抜け穴を探す。

　その結果、計六本の抜け穴が存在している事がわかった。

　調査した結果をミルと一緒に報告しに行くと、ルソビツが愕然（がくぜん）とした声を上げる。

『まさか！　一体、どのようにして我に気づかれずにそんなものを作ったというのかっ！』

「まほー」

「……消音に、振動まで、塔を守る石像鬼にすら気づかれないで《魔法》を使っていたのか」

　エミィの才能の底の見えなさに俺も衝撃を受ける。そこに更に、エミィが俺たちに衝撃を与えに来た。

『あ、あーあーあー。聞こえてる？』

『エミィかっ！』

「まさか、言語魔法（コモン・ルーン）で遠隔通話をしているのか？」

『ご明察！』

　言いながら俺は単身、切除を使って塔の最上階に登り、人影を探す。だが、エミィは《魔法》で自分の存在を隠蔽しているのか、エミィらしき人影を見つける事が出来ない。移動先がわからなければ、俺の切除を使っても無意味だ。

『うふふっ。驚いたでしょう？　おじ様』

『馬鹿な事はやめて、早く帰ってきなさい、エミィっ！』

　ルソビツが夜空に向かって激昂（げきこう）するが、エミィは全く意に介さない。

『ごめんなさい、おじ様。でも、わたし、おじ様に何かして差し上げたかったの。だって、今日はおじ様の誕生日なのよ？　ささやかだけど、贈り物をさせてください』

『贈り物を買うお金なんて、一体どこで手に入れたんだ？』

『腐死者（ゾンビ）ですわ。たまに塔を抜け出して、おじ様が倒した腐死者から、いくつか金品を拝借出来ましたので。わたしの周りは音も含めて見つからないよう《魔法》を使っておりますから、おじ様には見つける事が出来ませんよ』

　その言葉を聞いて、俺は合点がいった。今回のエミィの行動は、事前に計画されたものだったのだ。塔に抜け穴を作ったのは、腐死者をこの塔に集め始めた時だろう。それから腐死者の移動をエミィが制限し、自分が手に入れたいものを手に入れやすい状況を作ったのだ。

しかし、それが今わかったところで、どうしようもない。本来エミィを守るはずの石像鬼が、悲鳴に近い怒号を上げた。

『早く戻ってくるんだ、エミィっ！』

『大丈夫よ、おじ様。《魔術》は止めてあるもの。腐死者はやってこない。それに、もしやってきても、魔除けがあるから大丈夫。悪意を持って近づいてくる存在がいればこれが教えてくれる。そうなれば、わたしの《魔法》で対処出来るわ。そうでしょう？』

その言葉に、俺は戦慄した。門付近から動けないルソビツも、俺と同じような顔になっているに違いない。

死体は、不浄な存在である。しかし、意思は果たして存在するだろうか？　エミィ自身も言っていたではないか。高度な知性はない、と。俺が推測した腐死者の特性があっているのだとしたら、彼らにあるのは、ただの生存本能だけだ。生きたいという、ただその動物的な本能に身を任せているだけ。

つまり、悪意がないのだ。

腐死者が誰かを害するのは、そういう存在だからだ。自分が生きるために、辺りの存在を食らいつくす。腐死者を一度でも集めれば、その周りの存在はその毒牙にかかり、腐死者化しているはずだ。それが塔に集められているから、騒ぎになっていないだけなのだ。

エミィが手にしている魔除けでは、腐死者の接近に気づけない。

目が見えないエミィには、腐死者の接近に気づく術がない。

その致命的な失敗にエミィが気づけなかったのは、そういう環境にいなかったからだ。

気づける環境に、エミィは置かれていなかった。

気づかなくてもいい環境で、ルソビツが守っていたからだ。

だが今、エミィはその環境にいない。

ルソビツの手が、絶対に届かない環境へ出てしまっているのだ。

『早く戻れ、エミィぃぃぃいいいっ！』

『おじ様、そんなに大き、え？』

エミィの反応が、おかしい。俺はミルの方へ振り向いた。《魔法》の適性が高い彼女であれば、エミィの位置がわかるかもしれない。

だが、ミルは俺の方を振り向く事もなく、ただただ無表情に、首を左右に振る。

もう、手遅れなのだ。

『痛っ！　え、誰？　どうし、え？　きゃっ！　何？　何！　魔除け、嘘？　どうして反応しないの？』

『エミィっ！』

恐らく、腐死者に遭遇したのだろう。どれだけ気配を消しても、無作為に動く腐死者との接触は避けられない。

　エミィも《魔法》で対抗しているようだが、気づいたのが遅すぎる。脳と心臓をつぶせば腐死者の活動は止まるが、逆に言えばそれ以外は致命傷にはならない。自分を《魔法》で巻き込みながら腐死者に対応しているようだが、自爆覚悟であっても、腐死者の物量に押されていく。

『何？　痛い、痛いよ、おじ様！　暗くて、痛くて、動けなくて。一人じゃ、ダメ！　何なの？　動けな、動けない！　暗い暗い痛い痛いなんでどうして？　怖い怖い！　助けて、おじ様っ！』

『エミィ！　エミィっ！』

『ど、どうして？　魔除けは反応、あ痛い重い辛い苦しい痛い痛い痛いよぉおじ様、体が焼ける！　燃えてる！　誰も悪意を持ってないのに何で！　あ、そうか。腐死者は、そういう事、な、の、ね……』

　迫りくる腐死者と痛みに押しつぶされながら、エミィは自分の失策を悟っていた。

『ああ、あああぁぁあああ！　燃えるように熱くて痛くて、こうなったのは全部、全部わたしのわたしの、責任なのね』

　だがその聡さは、今エミィにとって絶望の再認識でしかない。

　けれどもエミィは、口を閉じなかった。

『おじ様、覚えて、怖い怖い怖怖怖わいわ死ぬ死ぬ死死死死るるるる？　わ、わたしがささ最初に氷菓（アイスクリーム）をを食べた食べた時のことととと』

そもそも、腐死者に噛（か）まれた時点で、エミィが腐死者になるのは決定的なのだ。しかし彼女の《魔法》の素養が強く、自ら腐死者になるのを抵抗しているため、逆に死ぬまで時間がかかり、それだけエミィの地獄が続いていただけに過ぎない。

だから、ミルは首を振ったのだ。

俺にはエミィを、助ける事が出来ないから。

しかし、エミィが自ら抵抗するのを止（や）めれば、この苦痛からすぐにでも解放される。それは、死という名の救済だ。

俺と同じ事を考えたのか、ルソビツが自らの喉が裂けそうな程叫んだ。

『やめろ、エミィ！　もう、もう腐死者に抗（あらが）って体を治そうとするんじゃない！　苦痛が延びるだけだっ！』

『いいいいやいやいやよ、だだ、だってもう、おじおじおじ様重重重重苦し苦し苦し苦しぃけどもう最後、おじ様と話せるのの最後ななななんんんだもんんん』

エミィは死の終わりではなく、最後まで現世に残ってルソビツとの今際（いまわ）の際（きわ）の会話をする時間を選択した。それはすなわち、自ら地獄の釜で茹（ゆ）でられ続ける事を選んだようなものだ。一体どれだけの決意があれば、盲目の少女はそんな選択が出来るというのだろう？

『わたわたわたしが最初に氷菓をたた食べた時、わたし美味しすぎすぎててびびびびっくりし過ぎて、おじ様に笑われ、やづぁ燃え、ああああ熱！』

彼女の決意を表すように、エミィが一度発動した言語魔法は、エミィの苦痛とルソビッツとの思い出をこちらまで届けてくれる。

『でもおじ様、その後わたしが氷菓好き好きすきすきだだだだって『商業者』ににいつもいつも注文してしてくれくれ、い、いや、嫌嫌嫌嫌だだだだダメダメダメこれ以上わたしの体食べちゃいだだだだだだだだだだああああぁぁぁぁっ！』

『エミィィィイイイイイイっ！』

もはや少女の慟哭を聞く事に耐えられなくなったのか、ルソビッツは自分の顔にひびが入るほどの力で耳を塞いでいる。

『でもでもでも、もももももういい痛痛一緒に氷菓、をああ食べ食べれなななない痛のね。ももう、おじおじおじ様のたたた誕生ああ熱熱熱日をを祝えない痛痛痛っ』

だが腐死者の行動を制御出来るだけのエミィの才能の前に、いくら耳を塞ごうとも、そんなものは無意味だ。

そして、ついに最後の時がやってくる。崩れ落ち、嘆き跪く石像鬼に、エミィの最後の言葉が届いた。

それは——

『今まで、ありがとう。おじ様』

ルソビツが、空に向かって吠えた。その声に誘われたかのように、空には日が昇る。咆哮が、青白んだ空を貫いていく。絶望が物理的な衝撃波となり、シエラ・デ・ラ・ラメを震わせる。守るべき存在がいなくなった石像鬼の哀哭も、震えていた。

しかし絶望は、そこで終わりではない。終われない。ルソビツも、その事がわかっているのだ。故に彼の慟哭はより一層深くなり、俺の脳裏に刻み込まれる。

そして、それは始まった。

時刻は正午、少し前。

その主が設定した通りに、起動した。

エミィが設定した《魔術》が、発動したのだ。

それは、一種の波のように見えた。砂漠から立ち上る砂塵と蜃気楼の中、遅々として、しかし確実に、砂埃を上げながらこちらに向かってくる。それはエミィの《魔術》に引き寄せられた、腐死者たちだった。その中に、見覚えのある項練を首から下げた腐死者の姿がある。

閉じられていたその目は腐死者化したため、極限まで見開かれていた。しかし、そこにはルソビツが望んだ藍色の輝きはなく、腐り、濁り、汚泥のような絶望がこれでもかと詰め込まれてた深淵のそれだった。将来を有望視された少女の才能は、芽吹く事なく腐り落ちたのだ。

ルソビツが、門の上から絶叫した。不浄な存在を排除すべく、石像鬼がその翼を極限まで広げる。それを俺とミルは同じく門の上、ルソビツの隣で見ていた。

「……行くのか？」

『行かなくていいのであれば、行きたくはない！　行きたくはないが、我はこういう存在として生まれたのだ！』

大地を割らんばかりの叫声を上げながら、岩の翼を強引に羽ばたかせ、石像鬼は上空へと飛び上がった。その様は、舞うというよりも飛翔に近い。ルソビツは自分の超重量を翼を使って発射させたのだ。

そしてそれが、腐死者たちの間に着弾する。轟音の後に砂漠の粉塵が舞い上がり、腐死者たちを木っ端のように蹴散らした。散らされ、肉片になった腐死者はまだ形を保っている方で、ルソビツが直撃した爆心地付近の腐死者たちは水風船を破裂させた如く粉微塵となり、跡形もなく消し飛んでいた。地面とルソビツが擦れた摩擦で、腐った肉が延焼して煙を上げる。

だが、不浄なる存在を退け、建物を守る者の攻撃は、それで終わりではない。

『だが、何故だ？　何故守るべき存在だったエミィに手をかけねばならんのだ？』

ルソビツの喉から叫喚が迸り、その体が錐揉み回転。自身が守護するシエラ・デ・ラ・ラメのように、捻子を巻くようにその両翼が振るわれる。それはまるでフードプロセッサーのようだ。だがフードプロセッサーと違い、それは食材を切り刻むのではなく、触れるもの全てを磨砕く。初見でルソビツに感じた俺の感想通り、石像鬼の翼は腐死者を圧壊し、打壊し、破壊の限りを尽くした。

　血煙となった腐った血がルソビツの顔に付着し、粘着性のある濁った赤が彼の頬を流れ落ちる。

『いや、もう我が守るべきエミィはもういない！　死んだ。それはわかる！　あれはエミィではないのだと！　あれはエミィの形をした別の何かなのだと！　あれはただの腐死者なのだと！　そう、わかっている。わかっているのだ！』

　その両翼を振るう度、その両腕を振るう度、石像鬼の体は汚泥のような血に塗れ、異臭を放つ屍肉の塊が付着していく。ルソビツの体の汚れに比例して、彼の心も濁っていくようだ。

『だが、だがしかし、それでも、それでも我は、我はこれ以上、出来るはずがない！　何故？　何故出来ようかっ！　何故エミィだったものを、この我の手で引き裂かねばならんのだっ！　出来るはずがない！　頼む！　我を止めてくれ！　他の腐死者は我が受け持とう。しかし、エミィだけは！　エミィはダメだ！　出来ない！　我の代わりに、頼む、エミィを解放してくれ！　彼女を解放してやってくれ！』

その声は、もはや叫泣だ。岩の体では涙は流せなくても、屠った腐死者の血が、石像鬼に打ち上げられて落下する肉片が、上げる彼の声が、それら全てがルソビツの涙だ。

その涙を、悲しみを振り払うように、石像鬼の翼が旋回し、左腕が、そして右腕が振るわれる。

『いや、しかし、ダメだ！　我以外が、自分以外の存在がエミィを救うのを許せるはずがない！　許しようがない！　許せるはずがないではないかっ！　しかし、だが、我はエミィを――』

「もう、おわった」

『……え？』

ミルの言葉で我に返ったルソビツは、自分の右腕をゆっくりと見下ろした。そこには自分の腕が、あるものに埋まっているのが見えた事だろう。しかし、それに刺した腕は温もりを感じないはずだ。何故ならそれは既に死んでいて、ルソビツが守りたいと叫んでいた――

腐死者の、亡骸だったのだから。

ルソビツが右手を空高くに上げ、声にならない絶叫を上げる。不浄な存在を退けるという石像鬼の役割を、彼は自分の懊悩に関係なく果たしていたのだ。

ルソビツの腐死者に対しての攻撃は、壮絶の一言だった。腐死者を屠り、嘆きを撒き散らしながら、石像鬼は死の暴風と化して腐死者を討伐した。彼は、何も間違っていない。たとえそれが、彼の一番守りたかった(腐死者化したエミィ)ものを破壊する事だったとしても。

ルソビツから、喉が裂けるのかと思うほどの怒号が発せられる。いや、事実裂けていた。ルソビツの喉が、腕が、翼が、足がひび割れ、彼に付着した腐った血と肉と一緒に、徐々に体が剝がれ落ちていく。しかしルソビツは、右手で貫いたエミィの屍を放そうとはしなかった。

『マモルコワスタスケルコロスコロスタスケルコワスマモルエミィマモルコワスエミィタスケルコロスエミィコロスタスケルエミィコワスマモルゼンブゼンブゼンブゼンブ！』

自己矛盾により、ルソビツが精神崩壊を起こした。流せない涙の代わりに、両の頬にひびが入る。激情に身を任せ、石像鬼は今まで自分が守護していた塔の門に突撃、粉砕した。シエラ・デ・ラ・ラメに亀裂が入り、自重で塔が傾く。崩れた壁から塔の中への侵入口が増え、腐死者が我も我もと、中に入ってきた。

……まずいな。

俺はミルを門の上に残して、急ぎ祭壇の間へ移動する。ここの《魔術》発動中は腐死者の動きは制御出来ている。奴(やつ)らはここに向かっているのだ。ここが無事なのであれば、腐死者は目標を失う事はない。だが、傾いたシエラ・デ・ラ・ラメに大量の腐死者が詰め込まれたら、どうなるだろうか？

塔は更なる自壊を引き起こし、《魔術》は効果を失うだろう。奴らを他の場所へ散り散りにさせるわけにはいかない。腐死者が散らばれば、それが更なる腐死者を生み出す原因となる。

俺は解剖刀(メス)を手にすると、手当たりしだいに切除(レセクション)を放ち、腐死者を一掃し始めた。腐死者を蹴散らし始めたその時、外壁が崩れ、壁の外が露(あらわ)になる。

その隙間から、自壊するルソビツが俺に向かって襲いかかってきた。

『マモルコワスタスケルコロスコロシテマモルマモルハコロスデコワスコワセバマモレルエミィマモレルタスケルコロスエミィコロスタスケルエミィコワスマモルゼンブゼンブゼンブゼンブゼンブゼンブゼンブゼンブゼンブゼンブゼンブゼンブゼンブゼンブゼンブ！』

エミィの死体を殺してもう彼には守るものがなくなり、逆に目に映る全てが破壊の対象となっているのだ。

俺は舌打ちをしながらルソビツに向かって解剖刀を投擲(とうてき)し、切除を放つ。その直後、ルソビツの右半身と左半身が分離。崩壊した。切除の効果ではない。彼自身の限界が来たのだ。だが、それは俺にとって不都合でしかない。

四散するルソビツの体に、解剖刀が到達した。石像鬼の体、左半身を破壊した(殺した)。だが、分離した右半身までは、俺の切除は届かない。俺の切除は、刃物が当たった対象にしか効果を発しないのだ。

新しい解剖刀を抜き、投げて迎撃しようとするが、間に合わない。自分の迂闊(うかつ)さを呪う俺に向かって、腐り落ちるエミィに突き刺さった腕がこちらに触れかけた。刹那――

俺を押しのけ、ミルが代わりにルソビツの前に立つ。

そして――

「第二保全対象、チサトにおいて脅威の接近を観測しました」

無機質な声が、ミルの小さな唇から零(こぼ)れ落ちた。瞳から光をなくした彼女の衣類を吹き飛ばし、ミルの背中から巨大な光源が溢(あふ)れ出す。

「安定状態解除(スリープモード)。殺戮武装(ジエノサイド・ウエポン)、《翼》の展開を実行――失敗(エラー)。左翼への接続途絶。再起動(リスタート)します。――成功(サクセス)。右翼を展開します」

ミルの背中から、眩(まばゆ)い光の翼が咲き誇る。それはかつて、俺を地下迷宮(ダンジョン)で叩(たた)きのめしたそれだった。

エミィが下げていた項練とは違い、ミルは、天使族(エンジェル)の彼女は不浄であろうが悪意があろうが、自分自身と、そして彼女が守ると定めた対象（俺）へ害をなすと判断したものを、徹底的に排除する。

ミルの瞳孔が極限まで開き、それに合わせて出力を上げた光の翼が、塔を貫かんばかりに垂直に立ち上った。

……くそっ！

あの状態となったミルは、外敵の排除を第一優先と定めて攻撃を開始する。守るための攻撃だが、その攻撃には、俺が巻き込まれる事など一切考慮されていない破壊力を秘めている。いや、それを凌（しの）ぎ切れる存在でなければ、彼女の隣にいる価値がないという事なのかもしれない。

何（いず）れにせよ俺は自分の身を守るため解剖刀をミルに、彼女から伸びる翼へと向け――

翼が、振るわれる。

一閃（いっせん）。

それだけで、ルソビツは、ルソビツが手にしていたエミィの亡骸は、ルソビツが守っていたシエラ・デ・ラ・ラメは、その周りを取り囲んでいた腐死者たちは、一瞬にして蒸発、消滅、絶滅した。

あまりにも、桁違いの力だ。地下迷宮で俺に振るわれた彼女の力は、彼女が生き埋めにならない程度に抑えられたものなのだと、今ならわかる。

俺は全身から白煙を上げながら遅々として立ち上がり、周りを見回した。もはやこの場には、何もない。誰かがここにいた証（あかし）も、誰かの亡骸も、誰かの想（おも）いも、一切合切跡形もなく消え去った。

それを、ミルも確認したのだろう。彼女の翼は徐々に光を失っていき、そして光源を収めきる。

その様子を、切除でどうにか身を守った俺は地面に膝を突き、全身から煙を立ち上らせながら、忸怩（じくじ）たる想いを抱えて見つめていた。

注意は、していたのだ。俺は遠距離攻撃主体で戦闘を進めていく。近距離であってもそれなりに戦えるが、接近された状態での超質量や高速の攻撃に俺は弱い。だから、そうならないように戦闘を進めるのが常だ。

逆に、俺が近距離戦闘で不利な状況になると、今のように問答無用でミルが戦闘に介入してくる。そして、天使族の力で全てを薙（な）ぎ払うのだ。

そして俺は、その状況にならないように立ち振る舞わなければならなかった。ミルが絶滅したはずの天使族だと知られれば、彼女はこの大陸、いや、アブベラント中から狙われる事になる。

……ここが、グアドリネス大陸の最北西だったのが不幸中の幸いだな。

ミルが翼を出したのがドゥーヒガンズや三宝神殿（ラトナトラヤ）であれば、目撃者が続出した事だろう。しかしこの辺り一帯は腐死者が集まっており人も少なく、シエラ・デ・ラ・ラメに住んでいた住人は、もういない。ミルが町中でその翼を広げた時の対応策も、俺は今のうちに考えておかなくてはならないだろう。

　自分の未熟さに頭を巡らせていると、全裸となったミルが俺の下へとやってきていた。その瞳には、光が戻っている。

「いらい、おわった」

「……ああ、そうだな」

「かえろ？」

「その前に、服を着ろ」

　衝撃波で破れた自分の上着を、俺はミルに巻き付けた。何もないより、ましだろう。

　ミルの手を引き、俺は重たい足を引きずりながら帰路につく。途中、運よく『商業者』の一団に出会う事が出来た。護衛も合わせて二十人程の一団で、ボロボロだった俺たちに同情し、馬車に身を寄せる隙間を作って同行する事を許してもらえる。

　ありがたくそこに乗せてもらうと、御者の青年が話しかけてきた。

「いやぁ、しかし、そんな状態になるまでお仕事とは、大変ですね！」

「まぁ、商売柄、仕方がありませんよ」

　愛想笑いを浮かべながら適当に相槌（あいづち）を打つと、青年がこちらを振り向いた。

「そういえばお兄さんたちは、シエラ・デ・ラ・ラメの方からやってきたんですよね？」

「ええ、そうですが。それが、何か？」

「いえね、この一団を取りまとめている旦那様がシエラ・デ・ラ・ラメの方角から、天使の翼を見た、っておっしゃるんですよ」

「……へぇ、そうですか」

「あっしらは見間違いだって言ったんですがね？　絶対何かあるって、きかないんですよ」

「……その話は、この一団の方全員ご存知なんですよね？」

「ええ、もちろん！　でも、天使だなんているわけないですよ。とうの昔に絶滅したんですから、天使族は」

「……そうですね。でも、もし、もしも天使族の生き残りを見つけたら、あなたはどうされます？」

「え？　そうだなぁ。捕まえても僕は《魔法》の素養もないですし、『魔道具』を作らせて売るか、天使族自体を売り飛ばすと思います」

「……その考えは、あなたの旦那様も同じですか？」

「もちろん！　あ、でも、旦那様のツテなら、もっと手広くやれるでしょうね。殺して剥製にしてでも天使族が欲しいって言っている、好事家の方とお知り合いのようですし」

次の瞬間、青年の背中には解剖刀が突き刺さっていた。深さ的には、心臓を一突き。誰がどう見ても、どこに出しても恥ずかしくない、立派な死体がそこにあった。青年は、俺が背後に回り込んだ事に気づく間もなく、絶命した事だろう。

そして護衛が俺が乗った馬車の異変に気づく前に、俺は護衛の喉を削り取り、鮮血が護衛から噴き出す前に『商業者』全ての息の根を止める。俺は瞬きする速度で、二十人程の命を切除した。周囲を確認するが、人の姿は皆無。誰からも、目撃はされていない。

俺は周囲を警戒しながら死体を集め、炎を放った。俺の鏖殺劇は、よくある魔物に襲われた悲劇として同列に扱われる事だろう。いつぞや解剖した兄妹が、その夫婦の思惑が脳裏をよぎるが、それも一瞬の出来事だった。

ミルは、天使族だ。絶滅されたと言われている種族で、この種族にしか扱えない《魔法》は、その一つを解き明かしただけでも一生を何十回と遊んで暮らせるだけの金が手に入ると言われている。それどころか、一国の主、あるいは大陸すら治められるだなんて冗談もあるぐらいだ。しかし、もし天使族が存在すると知られたら、それも冗談ではない事がわかるだろう。それこそ、天使族の死体を欲しがる奴らも存在する。

俺たちに手を差し伸べてくれた人たちを殺し、死体を燃やし、その炎を俺はミルと見つめていた。黙り込んだ俺を、ミルが見上げる。

「あるいて、かえるの？」

俺は何も言わず、ミルを抱きしめた。この腕の中に抱きしめた温かさを、妹に似た少女を金に換えようという思想は、もうあの地下迷宮でなくなっている。残っているのは、誰を敵に回しても、それこそこの世界全てを敵に回しても、ミルを守ろうという誓いだ。彼女が天使族である事は、秘密にしきってみせる。

その過程で、何人殺そうとも、何人見殺しにしようとも、構わない。

それが、俺の才能なのだから。殺すのが俺の才能であるならば。

殺し尽くす事で、彼女を、ミルを、妹を、嘉与(かよ)を守って(殺して)みせる。

されるがままになってるミルが、小さくつぶやいた。

「おなかすいた」

何事にも、出来る事と出来ない事はある。

俺はもう、妹を失えない。

嘉与の面影を持つ少女を、失う事など出来るはずがない。

■■■■■■■■■■■■■■■■■■■■■■■■

岩で出来た壁を伝う事で、俺はどうにか歩みを進める事が出来ている。先程の戦闘で服は破れ、麻袋もただの布切れと化していた。中身の項練(ネックレス)だけはなんとか原型を保っていたので、それを俺は首にかけて目的地へと向かっている。目的地とは当然、俺をズタボロにした、あの光だ。

妹にそっくりな、あの天使族だ。

……嘉与っ！

もっと先へと急ごうとする俺の足がもつれ、その場に転びそうになる。逸(はや)る気持ちが前に出すぎて、体がついて行かない。

……落ち着け。俺はまだどうにか動けるようになっただけだ。焦って近づいても、意味がないだろ。

首を振って焦燥感を吹き飛ばそうとするが、それでも逸る足は妹の幻影を追い求め、堪(こら)

えろと言う俺の理性を振り切るように彼女の眩い翼を目指して進む。

彼女は、アブベラントに転生した嘉与なのか？　それだけでも確かめなければ、俺は地上に戻れない。戻るつもりもない。今はただ、あの天使の傍にいたかった。

幸い、洋灯がなくても少女の翼のおかげで暗闇が詰め込まれたような地下迷宮でも、目的地を見失う事はなかった。俺は距離を取りつつ、ゆっくりと移動する天使族の後ろをついていく。

……だが、どうやって彼女と接触する？

迂闊に近づけばどうなるかは、身を以て経験している。まずは少女の足を止めなければ話にならないが、何の策もなしに近づけば、十中八九さっきの二の舞だ。

俺を攻撃した時、天使族は何と言った？

俺の下から去る時、彼女は何と言った？

俺は思考を巡らせつつ、手頃な石を二つほど手にした。解剖刀が七本では、流石に心もとない。手にした石はないよりマシなものでしかないが、俺はそれに賭けるしかなかった。

……おかしいな。あれ程忌み嫌っていたのに、今は殺す道具を求めてるだなんて。

自分の天の邪鬼っぷりに苦笑いしながら、俺は左右の手に石を持ち、右手を壁に擦り付けながら歩みを進めていく。

俺の目指す光はただその場で輝くだけでなく、その力を周りに振るう事があった。何があったのかは、歩いていればわかる。地下迷宮の床に、魔物の死骸が転がっているからだ。胴体を焼き切られてまともに残っているのが頭と尾だけになった『人を喰らうもの』が、血液の蒸発した異臭を放つ。体が真っ二つにされた『牛頭怪人』の頭部が湯気を立て、沸騰した桃色の脳みそが零れ落ちる。地下迷宮の魔物ですら、相手が天使族であれば一瞬で屠られるのだ。

暫く魔物の奇怪な死骸が並ぶ地下迷宮を歩いていると、少女が今までにない行動に出た。見向きもしていなかった魔物の死体に、近づいていくのだ。光の翼で圧殺、延焼させた『蠕虫』に近づくと、彼女は白磁のような手を伸ばし、そしておもむろに炭化したその肉を引きちぎる。その拍子に死体の血が彼女の頬に付着するが、少女は全く意に介さない。そしてちぎった肉を鼻に持っていく。形の良い鼻が、僅かに伸縮した。匂いを嗅いでいるのだ。

……まさか、食べようとしているのか？

しかし、手にした肉はお気に召さなかったのか、彼女は無造作にそれを捨て去る。そして今度は、蠕虫の死骸、炭化した部分からまだ血が滴っている部位を両手でつかみ、力任せに捻じ切った。肉汁がたっぷり入った腸詰が弾けるように、天使族の頭上に鮮血が舞って彼女と地下迷宮を汚す。

その血が完全に地面に落ちきる前に、俺は既に疾駆していた。天使族が何かに気を取られ、魔物の血で視界が悪くなる今を逃せば、もう彼女に近づくきっかけを得られないと思ったのだ。

俺は迷わず解剖刀を引き抜き、前方へ投擲（とうてき）。切除（レセクション）で空間を削除し、一気に彼女との間合いを詰める。

解剖刀は、残り六本。

強風をまとい、瞬きするより早く少女との距離をゼロにしようとする俺を、しかし次の瞬間には天使族の少女が捕捉していた。疾走する俺に向かい、最短距離で翼が突進してくる。その迎撃に対抗するために、俺はもう解剖刀を抜刀していた。

……切除っ！

投げ放った解剖刀が翼に当たった瞬間、それは弾かれ、たわむ。その脇を、砕けて宙の塵（ちり）となった解剖刀の粒子を突っ切るように、俺は走り抜けた。首にかけた項練が、後からついてくる。

解剖刀は、残り五本。

走る俺の背後から、更に翼がこちらを強襲。その動作を予見していた俺は、既に回避行動を取っている。回転してそれを避ける俺の背中を、稲妻が走る速度で光源が駆け抜けていく。紫電が弾け、翼は雷霆（らいてい）が我が物顔で大気を喰（く）らうように周りを焦がし尽くす。

しかしそうした攻撃も、俺が下がれば躱（かわ）す難易度を下げる事は出来るだろう。だが、それでは彼女からまた離れてしまう。それは、俺の望みではない。生きながらえる事が、俺の目的ではないのだ。

ならば、選択肢は一つしかない。元より、逃げるつもりもない。

だから俺は解剖刀を、少女との距離を更に詰めるために投擲した。切除の効果で空気が抉れ、解剖刀が砕けるよりも先に、俺は天使族へと近づく。

解剖刀は、残り四本。

だが、十分に射程範囲に入った。あと僅かで、彼女に触れる事が出来る。

その瞬間、翼が横薙ぎで振るわれた。近づくもの全てを薙ぎ払わんとするような攻撃を、体術だけで避けるのは不可能だ。

だから俺は、解剖刀を投擲、切除を放ち、翼に対抗する。横薙ぎの攻撃をしゃがみつつ、かちあげるように翼を弾いた。

解剖刀は、残り三本。

「嘉ぁぁぁ与ぉぉぉっ！」

妹の名前を叫ぶと、翼による応答があった。弾いた翼が、今度は真上から垂直にこちらに叩き込まれる。しかし横薙ぎに比べれば、対処はしやすい。俺が躱した事で目標を失った翼はそのまま直進、地面を打ち付け、振動、砕いた地面に更に激突し、地下迷宮の床が陥没する。

それを横目で見ている暇もなく、俺は次の回避行動に移っていた。今まで俺が立っていた床の下から、光の翼が生えてくる。俺が避けたのを意に介さず、地中を掘って俺を襲ったのだ。採掘機が地面を抉るように、翼が地下迷宮を掘り起こす。掘り起こされた岩はその威力に砕け、破砕し、互いを撃砕しあって粉砕した。

当たり前だが、翼の所有者である少女に近づけば近づくほど、翼の威力も速度も増している。そしてそれは、俺の苦手な近距離、いや、至近距離での戦闘となる事を意味していた。

それでも後、五歩。

後五歩で、彼女に触れる事が出来る。

そしてこの距離では、とても体術だけで天使族の翼を避ける事は出来ない。稲光の如き速度の翼を回避するのは不可能だ。それに解剖刀を投擲、切除で回避。回避の最中、少女の意識を僅かでもそらすために左手に持っていた石を放つ。しかし、それも次の瞬間には翼が叩き込まれ、一瞬で蒸発させられた。

解剖刀は、残り二本。

後四歩で、彼女に触れる事が出来る。

だが回避先には、既に翼が俺を待ち受けていた。文字通り光速の一撃が、俺を射貫き、焼き殺さんと向かってくる。それに向かって、俺は切除を放つために解剖刀を投じた。翼が、弾ける。

解剖刀は、残り一本。

後三歩で、彼女に触れる事が出来る。

その刹那、既に俺は最後の解剖刀を抜き、放っていた。弾いた翼に切除が発動し、更に天使族の体から遠ざける。

解剖刀は、もうない。

でも、後二歩で妹の面影を持つ天使族に手が届く。

だから俺は、一歩前に出た。

後一歩で、嘉与の顔に触れる事が出来る。

切除を二回叩き込んだので、まだ翼が戻ってくるまで余裕があるはずだ。

あるはず、だった。

弾いたはずの目も眩(くら)みそうな光源は、しかし確かに俺の眼前に迫っている。翼の圧が、俺の肌を焦がした。

しかし、回避するための、反撃するための解剖刀は、俺の手元にもう存在していない。

そんな俺に、容赦なく翼が迫りくる。その圧倒的なまでの光束に向かって、俺は右手に持っていた石を投げつけた。

そして、言う。

「切除っ！」

次の瞬間、地下迷宮の壁に擦り付けていた石が切除を発動する。俺の切除の制約の一つは、刃物を利用する事だ。擦り付け、削られて、石包丁と化していた石は、立派な刃物に該当する。

だからそれは、今までの解剖刀と同じく彼女の光の翼を弾いた。光が、僅かに退く。

だから俺は、残りの一歩を踏破し、嘉与(かよ)に触れようと、血の涙が流れた頰を拭おうと、手を伸ばして。

天使族の翼に、叩き潰された。

■■■■■■■■■■■■■■■■■■■■■■■■■

紫煙が立ち上り、赤や橙(だいだい)、青に紫と、派手な光源が辺りを包む。炎色反応や《魔法》で色合いが変えられた炎は怪しく灯(とも)り、香の薫りが何とかその存在を通行人に刻もうと、体に絡みついてくる。

道の脇を見れば、木骨造の建物や煉瓦(れんが)造りのものが建ち並んでいた。少しでも自分の店を目立たせるためか、全ての列に長手だけが見えるよう煉瓦が重ねられた長手積みのものや、逆に小口だけが見えるように積まれた小口積みの建物が、統一感なく並んでいる。煉瓦の積み方、並べ方ですら、客引きのための広告に使っているのだ。

ドゥーヒガンズの南側、娼館(しょうかん)が立ち並ぶ色町は、日が暮れた今この時からが仕事始め。大通りから外れたこの道どころか、裏路地からも嬌声(きょうせい)が聞こえてくる。一見華やかにも見えるこの一画は、しかし足下に目を向ければその歪(いびつ)さを感じる事が出来た。

道は人が歩くのに苦にならない程度に舗装されているが、汚水が流れて湿っている。香が焚(た)かれているのは、汚水の異臭を隠す目的もあるのだろう。客を楽しませるため外観は金をかけているが、店で使った水は費用を惜しんでそこら中に垂れ流しなのだ。そういう考え方がこの辺りでは当たり前なので、当然下水周りに自分で金をかけようとする奴(やつ)らもいない。

そんな色町を、俺の隣で歩くミルは顔色をぴくりとも変えずに進んでいた。

「なつかしい」

「ああ。そういえば、もう少し外れた通りに住んでいた事もあったな」

ミルと出会った頃の事を、少しだけ思い出す。ひとまず彼女と暮らすため、とにかく早く家を借りれる場所というので、一時的にこの辺りに住んでいたのだ。借家は古い家で家賃も安く、日が全く入らず湿っていた。だが床下に収納も出来たので、俺とミルが必要最低限の生活をするだけの広さはあったと記憶している。

あの時同様、今もこの辺りをミルを連れて歩くのは抵抗があった。しかし、今回はミルを連れて歩かざるを得ない事情がある。ミルが天使族と露見しないよう、俺の目の届く範囲に置いておきたいという理由も、もちろんある。だが、今回の依頼は、ミルの力がどうしても必要なのだ。

何せ依頼人と会話出来る存在は、俺の知る限りミルしかいないのだから。

俺は依頼人の、ある男性の言葉を思い出す。

『どうしても、ある人に伝えたい事があるんだ』

つまり、今回の依頼は配達だ。俺たちは依頼人の言葉をある人に伝えるために、今ここにいる。依頼人の話では、お目当ての人物は、この辺りで働いているらしい。

「あれ、チサト？」

名前を呼ばれて振り向くと、そこには見覚えのある猫耳の獣人（セリアンスロープ）、右手をこちらに振るニーネの姿があった。

俺はその姿に、少し目を細める。

「もう、手足はいいのか？」

「うん、おかげさまでね！　冒険者組合（ギルド）から一人でも出来る仕事を回してもらって、今は警邏（けいら）の途中なんだ。一人で出来る分給料は安いけど、チサトの言ってた通り、まずは身の丈に合った事をやってこうと思って」

一度ならず、二度も地下迷宮（ダンジョン）で死線を彷徨（さまよ）った彼女の言葉は、なかなかに重い。ニーネ自身も、自分が助かったのはただの幸運だったのだと理解しているのだ。そして、次はそんな幸運が訪れる可能性が、限りなく低いという事も。

だからこそ俺は、それでも足掻く事に決めた新米『冒険者』に向かって、小さく頷いた。

「……そうか」

「それで、チサト。あんたは今、何して、る、の……」

ニーネの言葉が、徐々に小さくなっていく。今俺たちが、どこにいるのか、思い出したのだろう。

隣の建物からひときわ大きい喘ぎ声が聞こえ、劣情を煽るような桃色の光が輝き、俺たちを怪しく照らし出す。

ニーネの顔が、一瞬で真っ赤に染まった。

「あ、あんた！　あんた！　た、たたた確かに、あんたも男だけど、男ならそういうのに興味があるのもわかるけど、でででもでもでもっ！」

ニーネが何を勘違いしているのか、手に取るようにわかる。俺は盛大に溜息を吐いた。

「……仕事中なんだ。先に行くぞ」

「あっ、ちょ、ちょっと待ってっ！」

立ち去ろうとする俺を、ニーネが呼び止める。体ごとではなく視線だけ彼女に向けると、獣人の少女は顔を赤らめながら、少しだけはにかんだ。

「あ、ありがとう！　その、助けて、くれて」

「……礼より、あの時出た赤字を補填してくれ」

俺は再び、濡れて水溜りの出来た道を歩き始める。足下から鳴る水音の隙間を縫うように、ミルの小さい手が俺の手を握ってきた。彼女に視線を向けるが、天使族の少女は俺を仰ぎ見る事もなく、無表情に歩みを進めている。俺はただ、肩をすくめるしかない。

そして俺たちは、当初の目的を達成するためにお目当ての人物探しを再開した。猥雑な通りを何本か流して歩いていると、煉瓦で出来た店の前にいた一人の女性に声をかけられる。恐らく、人族だろう。

「あら？　可愛い娘を連れてるじゃないか、お兄さん。その娘の相手が終わったら、次は私の相手をしておくれよ」

煙管を吹かした妙齢の女性が、俺たちの前に佇んでいる。極端に面積が少なく、艶やかな衣装に身を包んでいた。

「私の名前は、ネラ。どうだい？　お兄さん男前だし、安くしとくよ？」

ネラに、煙管の煙を吹きかけられる。紫煙は俺に絡みついたと思った次の瞬間には、夜空と欲望渦巻く色町に消えていく。

俺はミルの手を握りながら、苦笑いを浮かべた。

「いや、このツレはそういうんじゃないんだ」

「おや？　ならその娘の買い取り手を探しているのかい？　私の店で預かろうか？　ちょいと愛嬌(あいきょう)はないが、別嬪(べっぴん)さんだからねぇ。良い値で引き取るよ？」

「そっちでもなくてね。人を探してるんだ」

「なんだ、もう目当ての娘がいるの」

　ネラは露骨に態度を変え、煙管を手繰る。

「それで？　お兄さんのお目当ての娘の名前はなんて言うんだい？」

「ああ、ニラ・ファシリーという娼婦(しょうふ)を探している」

「……今日は、あの娘は店に出てないよ」

　女性の瞳に、警戒心が滲(にじ)む。ニラが店にいない事は知っていたが、俺は白々しい台詞(せりふ)を口にした。

「なんだ？　体調でも崩したのか？」

「だったら、なんだっていうんだい？」

　ネラは訝(いぶか)しげな眼(め)で、俺を睨(にら)んだ。

「こういう商売してるんだ。体調が優れない時だってあるさ」

「そうか。でも、何とか会う事は出来ないか？」

「……人を呼ぶよ？」

　ネラが煙管を手で叩(たた)き、灰を落とす。まだ火種は燻(くすぶ)っていたが、湿った道に落ちると白煙を上げてその火も消える。

煙管に煙草を詰め、燐寸をする間、ネラは俺の方を一瞥もしなかった。俺は困ったように、肩をすくめた。

「そうか。なら、グリーミンドからの意思はニラに伝えられないな」

「……なんだって？　ちょっと待ちな！」

立ち去ろうとした俺を、ネラが引き留めた。

「グリーミンドって、あのグリーミンドの事かい？」

「あなたの言っているグリーミンドが、ニラ・ファシリーと付き合っていた楽器職人のグリーミンドの事を言っているのであれば、そのグリーミンドであっているよ」

「なんだ、そういう事なら早く言ってよ！　ちょっと中に入っておくれ。おーい、手の空いている人は、この人たちを奥の部屋に案内して頂戴っ！」

ネラに背を押され、俺とミルは娼館の中に通される。店は二階建てになっており、一階が来客の受付、二階に部屋が用意されて、今も一人の男が女性と腕を組んで階段を上っている所だった。つまりそこが、ネラたち娼婦の仕事場なのだろう。

それを横目に、彼女に連れられて、俺とミルは一階の受付の更に奥の部屋へと通される。奥の部屋は娼婦たちの控室となっており、ネラ以外にも三人の女性の姿があった。恰幅のいい妖人のテスアメ、《蜥蜴人》のジミ、そして左腕がない人族のラナが俺たちの周りに立つ。ネラと同じような服装をしていたが、テスアメのそれは限界までに引き延ばされており、触れたものを弾き飛ばす罠みたいにも見えた。

「それで？　グリーミンドは今どうしているの？」

俺を引き入れたネラが、口火を切る。それに続いて、テスアメやジミ、ラナが次々と言葉を重ねていった。

「あの野郎、ニラを泣かせやがって！」

「ニラは小柄で気が小さいけど、気立てのいい良い娘なんだ。私たちの妹分みたいなもんさ」

「親の借金のカタにこの世界に身を落とした娘でねぇ」

「慣れない仕事に最初は塞ぎ込んでたんだけど、グリーミンドと付き合うようになってから明るくなったんだよ」

「それがここ最近、グリーミンドの姿が見えないんだ」

「ニラはすっかり笑顔をなくしちゃってねぇ。部屋に籠るようになったんだ」

「なぁ、あんた。グリーミンドは、今一体どこにいるんだい？」

「……なるほど。あなたたちがニラの事を大事にしているのは、よくわかった。だからちょっと落ち着いて欲しい」

俺は両手を上げて、降参の意を表明する。ミルはネラたちを見回しながら、何故だか自分の胸、腹、腰、腰、腹、胸の部位を順番に、そして延々と両手で触る動作を繰り返していた。意味がわからないが、必要があればミルは俺に何か話してくれるだろう。

ひとまず俺は、依頼を遂行するために口を開いた。

「安心して欲しい。グリーミンドは、まだ生きているよ」

「なら、何であいつはニラに会ってやらないんだい？」

ネラに詰め寄られるが、俺は首を振る事しか出来ない。

「グリーミンドの意向なんだ。彼から直接、ニラに伝えて欲しい事があると言われていてね」

「なら、それは私たちからニラに伝えるよ」

「それは無理だ。彼の声は、俺たちには聞こえない」

「？　どういう事？」

首を傾げるネラたちに、俺は苦笑いを浮かべた。

「恋人同士の会話に、部外者の俺たちがでしゃばるわけにはいかないだろ？　俺もグリーミンドの手紙を届ける配達人でしかないのさ」

そう言って手紙を取り出すと、ネラに納得の表情が浮かぶ。

「……なるほど。確かにそれじゃ、私たちには話せないね。お兄さんも、手紙の封は開けてないんだろ？」

「それはもちろん。それで？　ニラはどこにいるんだ？　あなたたちを信用していないわけではないが、俺もグリーミンドから依頼された身でね。彼からの手紙は、俺の手でニラに届けたいんだ」

「そういう事なら、仕方がないね」

そう言ってネラから、ニラの住所を教えてもらう。その住所に奇妙な偶然を感じながら、俺は必要な情報を手に入れた。ここに長居する必要はもうない。商売の邪魔にならないように、俺たちは店の裏口から出ていく事にした。

ネラたちに見送られて店を出ると、ラナが後ろから追いかけてくる。

「おにーさん。今度近くまで来たら、私を指名してよ。奉仕（サービス）するからさっ」

ミルが俺の顔を見上げるが、俺の目はラナの存在しない左腕に注がれている。

「その腕を治さないのは——」

「ああ、そういう需要もあるって事さっ。テスアメも、無理して食べてあの体型を維持してるんだよ。妖人であの体型は、ここら辺のお店じゃなかなかお目にかかれないからねっ」

ドゥーヒガンズの色町に出入りしていた時期もあったので知っていたが、やはりこの一画は複雑すぎる。性的指向は人それぞれで、俺の生前いた世界でも無数無限の性欲の形があった。それがこの世界で人族　亜人（デミ・ヒューマン）と組み合わされば、もはや俺如（ごと）きでは、その一端すら理解する事は出来ない。

《魔法》や回復薬(ポーション)があるにも拘(かか)わらず、修復出来る傷を残したままにする理由は、そう多くはないだろう。その一つが誰かの劣情を受け止めるためであり、つまりはそれは、金のためであった。

　少し黙った俺を見て勘違いしたのか、ラナが慌てた様子で右手を振る。

「あっ！　もし私みたいなのが好みじゃないなら、無理しなくていいからねっ」

「……いや、君のように必死で生きている人は、とても素敵だよ」

「本当っ？　嬉(うれ)しいなっ！」

　そう言ってラナは俺の左頬に口付けをし、朗らかに笑った後店の中へと戻っていく。彼女の女性特有の甘い香りが、直(す)ぐに別の店から漂う香の薫りに洗い流された。それでも俺は少しだけ立ち止まり、ラナの残り香を探す。

「……仕事って、言ってたじゃん」

　その言葉に振り向くと、通りの角に先ほど別れたはずのニーネが、悔しそうな表情を浮かべて俺の方を睨んでいた。声をかけようと一歩踏み出すも、彼女はすぐに背を向けて走り出す。追おうと思うが、今は仕事中だ。嘆息して彼女を見送っていると、右手の袖が引かれる。視線を下げると、表情を完全になくしたミルが俺を見上げていた。

「しごと」

「……そうだな」

そう言って俺たちは、欲望渦巻く街灯の中を歩き始めた。

ネラたちから聞いたニラの家は、かつて俺とミルが住んでいた家の二つ隣だった。多少の間取りの違いはあるが、大きな造りは変わらないだろう。かなり古い家で、隙間風も酷(ひど)い場所だ。しかし、床下に荷物も収納出来るようになっている。

その家の扉を叩くと、少女の少し嗄(か)れた声が聞こえてきた。

「……どちら様でしょうか？」

「グリーミンドの知り合いのものです。ネラからこの場所を――」

「グリーミンドのっ！」

勢いよく扉が開かれ、亜麻色の髪を持つ少女が飛び出してきた。目は泣き腫らしたかのように真っ赤になり、頬も少しやつれている。

「ニラ・ファシリーさんですね？」

「……そうですが、あなたたちは？」

ニラが俺とミルを見て、眉を寄せる。彼女から見れば、俺たちは奇妙な組み合わせに見えるのだろう。ニラからすれば、グリーミンドの名前が出たので、思わず扉を開けてしまった、という所か。俺はニラの警戒心を解く必要がある。

「初めまして。グリーミンドの知り合いの、知聡(ちさと)と言います。こっちの女の子は、ミル」

「彼から、あなたたちの名前を聞いた事はありません。手紙にも、書いていなかった……」

「俺は彼からあなたの事を伺ってます。二人の出会いの馴れ初めとかね？」

「え？」

多少興味を持ったのか、ニラの瞳から険の色が薄れる。俺はここぞとばかりに口を開いた。

「二人が出会ったのは、あなたが買い物をしている最中、『冒険者』に絡まれた時だったそうですね」

「……ええ。あの時彼は、震えていました。でも、私と『冒険者』の間に入って、こう言ったんです」


「「僕の彼女に、何をするんだ」」


俺とニラの台詞が重なり、彼女にようやく笑みが浮かぶ。彼女が扉を広く開け、俺たちを中に促した。

「その事は、手紙でグリーミンドと何度もやり取りしました。どうぞ、お入りください。大したおもてなしは出来ませんが」

「いえ、お構いなく」

「おじゃまします」

　家に入ると、小さな寝台、机が一つずつ置かれている。後は洋服箪笥と椅子が二脚あるだけで、他は何も、不自然すぎるほど、何も置かれていなかった。俺は彼女が両親の借金のために売られたのだという事を思い出す。

　ニラが寝台に座ったので、ミルとともに椅子に腰を下ろし、俺は口を開いた。

「グリーミンドは、中々腕のいい楽器職人ですね。自分の店を持つのが夢だと言っていましたよ」

「そうなんです！　私は、そんな彼の話を聞いているだけで幸せな気持ちになれました。優しい彼がいてくれるだけで、汚い私も綺麗になれたと錯覚出来たんです。彼には私のようになって欲しくない、綺麗なままでいて欲しいと思っていました」

　ニラに話の水を向けると、彼女は嬉しそうに口を開いた。

「彼か、もしくはネラさんから、私の仕事の事は聞かれてるんですよね？」

「ええ。聞いています」

「……ああいう仕事ですし、借金を返すまで私に自由はありません。だから、グリーミンドの夢を聞いている時、私も一緒に夢を見る事が出来たんです」

「二人でお店を持つ事も、手紙でやり取りされたんですか？」

「そうです！　手紙でっ！　私、彼からもらった手紙の内容は、暗記してるんです。全て！」

ニラが、両手を合わせて嬉しそうに笑った。そんな彼女に見向きもせず、ミルは椅子に座ってからずっと、床下に視線を送り続けている。そのミルの様子を気にもせず、ニラは嬉々として口を開いた。

「お互い仕事もありますし、どうしても会える時間はずれていきます。だから私たちは、手紙で互いの想いをやり取りする事が多かったんです。私も彼も、直接面と向かって話すには勇気が足りませんでしたから、そういう意味でも手紙でやり取りするというのは、私たちにはあっていたんだと思います」

「……大事な事は、全て手紙でやり取りをされていた？」

「ええ。いつか二人でお金を貯めて、お店が出せればいいね、って」

そう言った後、ニラの口が少しだけ重くなる。

「でもそれは、突然だったんです。ある日突然、グリーミンドがお店にやってきて、自分の店を持てるぞ、って。曰く付きの物件だけど、僕にでも手が出せるぞっ！って。突然、直接、やって来て――」

「……その物件は、マーヴィン村の物件なんですってね」

「ええ。確か、『商業者』のご夫婦が購入されるのが決まっていたらしいんですが、ご夫人にご不幸があったとかで、また売りに出されていたんです」

　その言葉に一瞬だけ、俺の耳に狂笑が蘇った。屍食鬼の腹から自分の子供を引きずり出した、ある男の笑い声だ。一方ニラは別の事を思い出しているようで、物憂げな表情を浮かべている。

「ようやく、夢にまで見た生活に手が届きそうだったんです。でも、私にはまだ借金が残っていて、それを返すまでは一緒に行けないって、そう言ったんです。手紙でも言ったんです。そうしたらグリーミンドは、言ってくれたんです」

「その借金は、一緒に返していこうと、そう言ったんですよね？」

「ええ、ええ！　そう、そうなんです！　手紙ではなく、彼は直接私にそう言ったんです！　私が彼に本気で言っているのか手紙で尋ねた後も、直接私に言いに来たんです！　手紙じゃなくてっ！」

　話している途中に、ニラの両目からは雫が溢れ、零れ落ちていた。嗚咽を漏らし、彼女は両手で顔を覆う。

「彼は今、行方不明なんです。今日で五日目。私の借金を、一緒に返していこうって、自由になって二人で暮らそうって最後に私に言いに来てから、五日目になったんです……」

　ニラは寝台の上で泣き崩れた。泣き声の中に、どうして？　グリーミンド、という言葉が、辛うじて意味を持つ単語として聞こえてくる。俺はそんなニラに、懐から取り出したあるものを差し出した。

「そのグリーミンドから、あなた宛に手紙を預かっています」

その言葉に、ニラが顔を上げた。その瞳には、暗闇の中を隈なく歩き回った末に、ようやく光を見つけたかのような、希望の輝きが満ちていた。

「いつ？　それは、一体いつ受け取ったの？」

「……昨日です」

「そんなはずないっ！」

ニラは歯を剝き出しにし、絶叫した。その目は先程とは打って変わり、地獄から這い出してきた悪鬼のそれになっている。

「嘘をつかないで！　そんなはずないわ！　彼が、グリーミンドが昨日あなたに手紙を渡したなんてっ！」

「……何故、そんなに怒るんですか？」

激昂するニラに、俺はあくまで静かに問いかけた。

「せっかくグリーミンドから手紙が届いたのに、それを嘘だなんて。どうしてそんなに怒り、嘘だと断言出来るんです？」

「そ、それは……。それは、彼なら、あなたに手紙を任せるのではなく、直接私に手紙を出すはずだからです！」

狼狽しながらも、ニラは無理やり言葉を捻り出した。だが、それは誰がどう聞いてもこじつけ以外の何物でもない。ニラは立ち上がると、扉の方を指さした。

「……出て行ってください」

「ですが、グリーミンドからの手紙が――」

「出て行って！　そんな手紙もいらないいっ！　私が欲しかったのは、そんな手紙じゃないっ！」

俺たちは、ニラに家から追い出された。一度だけミルが振り向き、こうつぶやく。

「におう」

「……仕方がない。一度店に帰ろう」

そう言って、俺たちは帰路に就く。店に戻り、普段は依頼人を待たせる部屋にやってくると、俺とミルは椅子に腰を下ろした。この瞬間、この部屋には俺とミルしか存在していない。しかしミルは、俺とは反対側の宙を見つめている。

……なるほど。今はそこにいるのか。

「ずっと見てたんだろ？　どうするんだ？」

ミルの見つめている方向に話しかけるが、その返答はどこからもこない。俺は溜息を吐いて、肩をすくめる。

「あいつには、俺の言葉は聞こえているのか？　ミル」

ミルが宙から、俺の方へ視線を移した。

「うん。きこえてる」

「なら、奴の言葉を翻訳してくれ」

「わかった」

俺は再度、ミルの見ていた宙に視線を送る。

「おい、人と話す時は姿を見せろよ、依頼人」

そう言うと、視線の先、宙に薄らと何かが朧げに現れる。やがてそれは人としての輪郭を形作り、線の細い青年の姿となった。それは俗にいう、『生霊』という存在だった。

その生霊の名前は、グリーミンド。現在行方不明となっているこの男が、俺の今回の依頼人だ。


昨晩現れ、グリーミンドから受けた依頼の全容を、俺は思い出す。

「……つまり、お前は今、仮死状態となっている、という事か？」

「そのとおりだよ」

ミルがグリーミンドの言葉を翻訳し、俺に伝えてくれる。俺の僅かな《魔法》の素養では、生霊との会話を行う事が出来ない。しかし天使族の、言語魔法を含めて全ての《魔法》の素養が桁違いに高いミルを介すのであれば、それは可能となる。

ミルから突然依頼人がやって来たと言われた時は何の事かと思ったが、まさか生霊からの依頼を受けるとは夢にも思わなかった。俺は首筋にいくつか傷跡を持つ、育ちのよさそうな青年に問いかける。

「しかも、お前をそんな状態にしたのは、今付き合っている彼女だって？」

『そうだよ。どうやらニラは、針みたいなものを使って、僕の体に何かしたみたいなんだ』

「その針みたいなものを、お前は首筋に刺されたのか？」

『多分ね』

死の淵に立たされているというのに、グリーミンドは危機感など覚えていないようで、のほほんとそう言った。一方俺は、グリーミンドの言葉から、ニラが何かしらの薬を使ったのだと推測する。薬で違和感があるのであれば、毒と言い換えてもいい。

薬も使い方によっては毒にもなる。そしてそれは、恐らく血液中に注入する必要があるものなのだろう。何度か試した跡だろうが、グリーミンドの首筋に付いた傷は、頸動脈辺りに集中していた。俺は更にグリーミンドへ質問を重ねる。

「針みたいなもの、っていう事は、何で刺されたのかは見ていないのか？」

『いいや、見たよ。でも、なんと言ったらいいのかな？　針が空洞みたいなものにくっついていて、それを押し出すような仕組みが付いていたんだ』

「……その空洞の中には、液体が入っていなかったか？」

『入ってた入ってた！　凄い、よくわかるねっ！』

……注射器で何かの薬を注入したのかっ！

薬を人体に送り込む方法もそうだが、何より医療技術が発達していないアブベラントで、注射器という存在が生まれた事に俺は衝撃を受ける。恐らく、俺の世界にあった注射器とは全く別の用途で生まれたのだと思われるが、それがグリーミンドを生霊にしたのだろう。

死靈呪法が人体に影響を及ぼす事により生まれたのが腐死者なら、生霊は人の精神、魂に影響を及ぼしたものだと、俺は考えている。

俺のいた世界の道教や伝統医学の中に、魂魄という概念を持つものが存在する。魂は精神を支える気、魄は肉体を支える気を指すのだ。魂が天に帰り魄のみとなった魔物も存在するが、魂がまだこの世界に留まっている状態が生霊だと言える。またそれは自然魔法の色合いが強いと考えており、魂を体ではなく、空気中にも紐づけられているのだ。だから完全に死んでいない、仮死状態で人は生霊になる。

体はまだ生きているが、魂は体にはなく、今俺の目の前にやって来ている。仮死状態となった人が全て生霊になるのではなく、グリーミンドに僅かながらでも《魔法》、それも自然魔法の素養があったため、こうした事象が引き起こされたのだろう。

『こんな状態になっちゃって途方に暮れてたんだけど、その女の子だけは僕の言葉を聞いてくれてね。いやぁ、四日間町をさまよい続けて、どうしようかと思ってたんだ。思わず助けて欲しいって、お願いしたんだよ』

幸い、生霊となったグリーミンドの言葉を聞けるのは、天使族であるミルぐらいしか存在していないようだ。そのグリーミンドはミルが天使族だとは夢にも思っておらず、また気づいているかわからないが、彼はそう遠くない未来に死ぬだろう。死人に口なしではないが、ミルの正体が他者に露見しないのであれば、依頼の内容ぐらいは聞いてもいいと俺は判断した。

「……それで、そのニラって女に手紙を届けて欲しい、と？」

『そうなんだ！　僕の言葉は伝わらなくても、手紙ならニラも読めるだろ？　ニラもその方が、僕の忠告を聞いてくれると思うんだ』

「何故、わざわざそんな事をするんだ？　自分を殺そうとした女だろ？　そいつに危機が迫っていたとしても、それをお前が伝える理由がないと思うが？」

そう言うと、グリーミンドは優し気に笑う。

『それでも、届くと思うんだ。僕がニラの事を、どれだけ大切にしているのかがね。それに僕が生きているうちに、彼女に伝えたいし』

その言葉に、俺は思わず顔を上げる。

「待て、自分が死ぬとわかっているのか？」

『そうだよ？　僕の体を日に当てずに置いておく事が重要みたいなんだ。この状態になって七日目に僕は死ぬんだって。ニラがそう言ってたんだ』

「……それを知っていて、お前は黙ってそんな状態にされたのか？」

『知ったのは、この状態になってからさ。彼女が僕の体に向かって、そう言ってたんだよ』

俺は思わず、自分の目頭を揉む。グリーミンドにあるのは自分がこうしたい、という思いだけで、計画性が全くない。報酬さえもらえれば俺は文句はないが、その当てすらないのではないだろうか？

「報酬の当てはあるのか？」

『それなら全く問題ないよ。彼女宛に今から書いてもらう手紙の中に、その答えも含むからね。とにかく、僕は死んでもいいけど、彼女には幸せになってもらいたいんだ』

「それなら、そんな手紙なんてまどろっこしい事はせずに、俺がお前の言伝をニラに伝えれば済む話だろ？」

俺の言葉に、グリーミンドは決して首を縦に振らない。

『いいや、手紙にしたいんだ。今まで本当に伝えたい事は、いつだって手紙で伝えてきたんだ。だから手紙で僕の気持ちを伝えたいし、彼女を救いたい。そして、それを見届けたいんだ』

俺は苦虫を噛み潰したような顔をしながら、頭を掻いた。

「お前の気持ちはわかった。だが、時間制限があるのはわかっているよな？」

『そうだね。僕はもうすぐ死ぬ』

「お前が生霊になって、明日が五日目。俺がニラに手紙を渡す場所には、お前もついてくるのか？」

『もちろん！　あ、その子以外には見えないようにはしているけどね』

そう言ってグリーミンドは、ミルを指さした。俺は唸りながら、腕を組む。

「なら、動けるのは明日の夜になるな。六日目も、行動するなら夜しかない」

『どうして？』

「……お前を誰かに見られる可能性を少しでも低くするためだよ。無駄に騒ぎになって、ニラに迷惑をお前はかけたいのか？」

『それは……』

「後、明日はニラの勤めている店に寄って、ニラの住む場所を聞く必要がある。五日目はニラに手紙を渡して、一度でも断られれば五日目は終了。手紙を読んでもらう機会は、六日目しかなくなる」

『ど、どうして？　直接ニラの家に行けばいいじゃないか！　僕が教えるよっ！』

「馬鹿野郎。ニラになんて言って家に上げてもらうんだ？　お前が殺そうとした彼氏から頼まれて、手紙を渡しに来ましたとでもいうのか？」

『それは……』

「そもそも、お前からの紹介で俺がニラに会いに行く事が、ニラにとって警戒すべき事象になるんだよ」

『ど、どうして?』

「自分が殺そうとしてる相手の紹介でやってきた奴を、警戒しない奴なんていないだろ?それに俺は、俺の渡す手紙がグリーミンドのものだと信じて受け取ってくれるような、そんな人物像を演じる必要がある。それは、ニラの知らないグリーミンドの知り合いで、かつその人物がある程度グリーミンドと親しいと思える、そんな奴だ。そしてそいつはグリーミンドから預かったものを、自分の足で探して届けたという演出が必要になる。後はお前と俺が親しい事を演出するのに、お前らの馴れ初めぐらいは教えてもらわないといけないな」

『……』

グリーミンドは、俺の言葉を固まって聞いている。どうやらこいつは、自分の想定外の事があると、固まってしまうようだ。

その後俺は度々固まるグリーミンドと会話を重ね、五日目に手紙を読んでもらえなければ、六日目は手紙と口頭でグリーミンドの言葉をニラに伝える事とした。

そして、その五日目が終わった。俺は再度グリーミンドに問いかける。

「見てたんだろ？　五日目は失敗した。もう六日目しか機会は残されていない。約束通り、お前の言葉は口頭でも伝える」

『ま、待ってくれ！　もう一度――』

「駄目だ。それは何度も会話しただろ？」

『な、なら、せめて手紙から！　手紙を先に渡した後、その内容をニラに伝えてくれないか？』

俺は露骨に溜息を吐く。

「手紙を渡し、内容を伝えるだけでいいんだな？　やり方は、俺に任せてもらえるんだろうな？」

『ああ、もちろん！』

「……それ以上の事は、俺は何もしないぞ？」

『大丈夫さ！　ありがとうっ！』

そう言って、グリーミンドは笑みを浮かべる。だがその笑みは、どこか諦めにも似た、それでいて寂寥感を漂わせるものだった。

深夜。亜麻色の髪を掻きむしりながら、一人の少女が床下から引きずり出した男物の鞄、その中身、そして外套（コート）を引き千切らん勢いで調べている。その目は血走り、しゃがみ込んで辺りを這（は）いずるその姿は、妄執に取り付かれた餓鬼のようにも見えた。

「どうしたんだ？　そんなに慌てて」

「だ、誰？」

突然話しかけられた事に驚き、ニラは動揺と共に俺の方へ振り返る。解剖刀（メス）を投げて切除（レセクション）を解除してから、俺は口を開いた。

「まぁ、しばらく休んでいたせいもあるんだろうが、今日は店の方に顔を出していたんだな。その足でグリーミンドの家にも行ったのか？　おかげで忍び込むのに苦労はしなかったが、一方で待ちぼうけを食らってしまった。自分で出した手紙を、ここで受け取るぐらいにはな。もう六日目の夜も終わってしまいそうだというのに」

「あなたは、チサトさん？　どうしたんですか？　こんな夜更けに」

「そんな所を探しても、見つからねぇよ。グリーミンドが用意した、店舗の購入資金は」

俺の言葉に、ニラの瞳が怪しく光る。

「え？　何を言って――」

「昨日自分で言っていただろ？　借金のカタに売られた、と。借金がなくなれば、自由になれる、と」

「……だから私が殺したっていうの？　私とグリーミンドとは、将来を誓い合った仲なのよ？」

「誰が殺したなんて言った？　それに、この散らかっている男物の靴。少し調べれば、これがグリーミンドのものだってわかるんじゃないか？」

「……だったら、なんだっていうの？」

　噛み切らんとするかのように唇を噛み、ニラは俺を射殺すが如く睨む。その殺気を、俺は小さく首を振っていなした。

「勘違いするな。俺の用件は、昨日も伝えた通りだ。それは変わらない。あんたと、腹を割って話したいんだ。もっとも、さっきの台詞が全てのような気がするけどな」

　俺の言葉を聞きながら、ニラがゆっくりと立ち上がる。糸が切れた人形のようにふらつきながら、彼女は内に秘めた激情だけで立ち上がった。

「だから、何なんだっつってんだろうがよ！」

　歯茎を剝き出しにし、唾を飛ばしながら、ニラは言葉を吐き出した。

「大体あいつは何なんだっつぅんだよぉ。優しいっつーが、ただの夢見がちで現実見えてねぇ世間知らずの坊やじゃねぇかぁ！　私と一緒にいてくれるって、一緒になろうっつっても、結局自分は綺麗な場所でぬくぬくしてるだけだったろぉがよぉっ！」

　ニラは、自らの両指を自分の頰に付き立てる。爪が皮膚を裂き、彼女の顔に十本の血の川が刻まれた。

「グリーミンドが笑いながら楽器をいじっている間に、私は他の男に体をいじられてたんだぞぉ？　『冒険者』の慰み者になってたんだぞぉぉぉっ！　わかるかよ？　わかんねぇよ！　あのお坊ちゃんにはわかりっこねぇんだよぉ！　なぁあっ！」

ニラの魂の叫びが、俺に叩きつけられた。その叫喚に、僅かに俺の顔が歪む。

俺もかつて、自分のどこにもやり場のない情動をニラのような女性にぶつけた事があった。それで彼女たちが報酬を得ていると言ってしまえばそれまでだが、生を得て感情を持つ存在である以上、それで割り切れない思いもあるのだろう。

特に、自らの意思でそこに至ったわけではないニラなら、尚更だ。ニラの血の滂沱は、とどまる事を知らない。

「一秒でも一瞬でも一刻でも早くこんな場所から抜け出したいのよ！　こんな糞みたいな場所から、こんな掃き溜めみたいな町から、グリーミンドだけ抜け出すなんて許せないし、許せるわけがないっ！　私を置いていくなんて許せない！　でも、でも金があれば何とかなるのよ！　私は抜け出せるの！　綺麗になれる、自由になれるのっ！　グリーミンドの、あいつの金があれば、あいつに試した、あいつを仮死状態にした薬の経過報告をあの『商業者』に渡して得られる報酬を合わせれば、私は自由になれるの！　この地獄からっ！」

「だが、その肝心の金が見つからないんだろ？　グリーミンドが持っているはずの、店舗の購入資金が」

「……ええ、そうよ。彼は肌身離さず、その金を持ち歩いていると言っていたわ。手紙でもよ！　でも見つからない！　店を休んでいる間に、グリーミンドの家も探したわ。でもないの！　やっぱりないの！　それはそうよね、手紙にもそう書いてあったんだから。でもないの。こんなに探したのに。彼の持ち物も探したのに、ないのよっ！　だから、誰かが盗んで、隠したのよぉっ！」

　ニラは歯茎から血が流れるほど歯を食いしばり、歯ぎしりしながら俺に詰め寄る。

「お前だろ？　お前が隠したんだろ、グリーミンドの金を！　あいつの金を！　私の金をっ！」

「その在りかが書かれた手紙を、昨日も、そして今も持ってきたんだがな」

「嘘をつけっ！」

　そう叫びながらも、俺が取り出した手紙に、ニラは餌に群がる獣の如く飛びついた。だが勢い余って、手紙が部屋の入り口、扉の方へと滑り落ちる。

　手紙に向かって脱兎の如く走り出そうとしたニラの背中に、俺はグリーミンドから依頼された通り、手紙に書かれている内容を口にした。

「グリーミンドからの手紙の内容はこうだ。『僕のお金は、上着の懐に縫い付けてある。色を塗っているけど、胸の刺繍は全て純金だ』」

　それを聞き、手紙に向かっていたニラはその体を急回転。駆け出した勢いをそのままに、この家の床下へと飛び込んだ。そこに彼の上着が、それを着て仮死状態となっているグリーミンドが隠されているのだ。

ニラは一心不乱に、物言わぬ彼の上着をまさぐる。涎（よだれ）が垂れるのを気にもせず、俺が手紙の続きを伝えている声も、その耳には届いていないようだった。

「『だが、気を付けて欲しい。僕の上着には、君が僕を刺した針が折れて、その先端が残っている。僕に使った薬が付いたままの針が』」

何かが、崩れ落ちる音がした。ある程度の重さを持った、肉と肉とがぶつかり合う音。音源は、仮死状態のグリーミンドと重なっている。ニラが仮死状態となって、うつ伏せでグリーミンドの上に倒れているのだ。

俺は厚手の手袋をつけて床下の方へと向かい、ニラの腕を確認する。左の手のひら、小指よりも薬指側に近く、手首寄りの場所に、光るものが刺さっていた。ニラの左手、その尺骨動脈の辺りに刺さっているのは、細い針だ。グリーミンドの上着に、勢いよく手を差し込んだのだろう。そして、毒針が刺さった。

ニラはもう、ピクリとも動かない。

「どうして？　どうして？っていってる」

ミルの見つめる方へ視線を送ると、ニラの傍（そば）で泣き崩れるグリーミンドが姿を現した。ミルがそのまま、グリーミンドの言葉を翻訳してくれる。

『大事な事は、いつも手紙で伝えてきたのに、どうして手紙を読んでくれなかったんだ……』

……それは、お前が手紙で伝えなかったからだよ。

そう思いながら、俺は顔を覆うグリーミンドの姿を見つめていた。

昨日会話したニラの状態から、彼女は明らかにグリーミンドに依存している、依存症である事がわかった。それも、麻薬のような薬物の利用による精神的依存や身体的依存ではなく、手段や過程に対して強迫的に従事する行動的依存に該当するものだ。過剰行動によるこの依存は、俺のいた世界では博打(ギャンブル)や、インターネット、オンラインゲームも該当すると考える人もいた。

ニラの場合、自分でも言っていた通り、望んで娼婦(しょうふ)になったわけではない。その状況に対して過剰のストレスを抱えており、そこにグリーミンドが現れた。きっとそれは、ニラにとって正に希望の光だったのだろう。『冒険者』たちの相手をする以外の世界を、彼女は唯一グリーミンドを通して見る事が出来たのだ。

本来であれば、グリーミンドとの逢瀬(おうせ)を重ねる事で、グリーミンドとの関係に依存する、共依存のような形になっていたはずだ。ニラがグリーミンドに綺麗なままでいて欲しいと、関係性を特別視していた事からもその傾向は窺(うかが)える。しかし、彼らは共依存にはならなかった。いや、最初はただの共依存だったのかもしれない。だが徐々に、彼らの関係は変わってきた。

そう、彼らは大切な事は全て、手紙でやり取りするようになったからだ。ニラにとって、グリーミンドからの伝えられる大切な言葉は、信じられる言葉は、全て手紙という手段で受け取られるようになっていた。

つまり、ニラは手紙依存症だったのだ。グリーミンドから直接渡される手紙に、彼女は依存していた。グリーミンドから受け取った手紙の内容を全て暗記出来る程、彼女は彼からの手紙を読み続けていた。一方、グリーミンドはそうではなかった。

楽器職人の彼は、ニラ程人間関係は閉鎖的ではなかっただろうし、だからこそマーヴィン村に自分の店を構えようと行動出来たのだろう。

だから、グリーミンドは行動したのだ。マーヴィン村に自分の店が出せそうな事。ニラの借金を一緒に返していこうという事。全て直接、ニラに伝えたのだ。

手紙ではなく、直接。

故にニラは、グリーミンドの言葉を信じる事が出来なかった。彼が自分を残してこの町から出ていくつもりだと、勘違いした。

手紙じゃないから、ニラにとってその内容は、グリーミンドの言葉は、信じるに値しなかった。

グリーミンドからすれば、一秒でも一瞬でも、一刻でも早くニラに伝えたかった朗報だったに違いない。しかし彼女にとって、そんな言葉は何の価値も持たなかった。

だからニラは、俺が持ってきた手紙に反応したのだ。否定しながらも、『グリーミンドの手紙』という存在を、無視出来なかった。しかし、その存在を信じる所まではいかなかったのだ。何故なら グリーミンドは、いつも直接ニラに手紙を届けていたからだ。

昨日も今日も、いつもと違う過程で自分に渡される手紙を、その内容を、彼女は受け入れる事が出来なかった。そんな手紙は、俺が口頭で伝える言葉と同じぐらいの信用度しか、価値しか、ニラには感じなかったのだ。

例えばグリーミンドが、ニラから本気で借金を一緒に返していくつもりか手紙で確認された時、その返事を手紙で書いていれば、こんな結末にはならなかったに違いない。だが、それがわかった所で、一体何になる？　そのすれ違いに俺が気づいた時点で既にグリーミンドは仮死状態で、生霊となっていて、そんな状態の彼からニラは手紙を素直に受け取るだろうか？　仮死状態前の、彼女と逢瀬を重ねていた時のように言葉を交わせない、生霊となったグリーミンドからの手紙を、いつもと違う過程で渡される手紙を、ニラは受け取るだろうか？

何事にも、出来る事と出来ない事はある。

答えは既に、俺の目の前に転がっていた。

グリーミンドの、声の聞こえぬ慟哭が響く。悲哀の表情を浮かべながら、彼はなおもニラの傍らで口を開き続けていた。

『僕は君にこんな風になって欲しくなかっただけなのに！　ただ君に生きて欲しくって、ああ、君も生霊となればこの誤解を今すぐ話して解けたかもしれないのに、ああ、ああ！どうして、どこで僕は、僕たちは間違ってしまったんだっ！』

グリーミンドがどれだけ嗚咽にその身を震わせようとも、ニラの姿は現れない。彼女には、自然魔法の素養がなかったのだろう。そもそも彼の間違いは、今なお会話で誤解を解こうとしている時点で、二人があの世で出会っても、このアブベラントに死後の世界があったとしても、どう足掻いても修正出来ないだろう。

だが、そんなもの俺には関係ない。どれだけ泣き叫んでも、時間は戻ってはくれないのだ。

俺は肩を震わせるグリーミンドを横切り、物言わぬニラの体を、先ほど調べて手のひら以外に針が付いていない事を確かめた左腕を、蹴り上げた。ニラの体が仰向けに転がり、仮死状態となったグリーミンドの姿が現れる。彼の首筋から血が流れた跡があったが、今ではもう殆ど流れていない。

俺は解剖刀で刺繍を丁寧に切り取り、他に針が刺さっていないか確認した後、それを布袋に丁寧にしまった。そしてそんな俺を呆然と見上げるグリーミンドに向かって、問いかける。

「仮にニラが、俺が届けたお前の手紙を読んでいたとして、そうしたらその手紙をニラに届ける俺への依頼料を、お前はどうやって払うつもりだったんだ？」

無論、俺は何があってもグリーミンドからの依頼料は回収するつもりだった。しかし、俺に問いかけられたグリーミンドは全くそんな事考えてもいなかった、とでもいうような、呆けたような顔をして――

「……」

ミルが、グリーミンドの言葉を翻訳しなくなった。想定外の事で、彼が固まったわけではない。その口が開く前に、グリーミンドが仮死状態となってから、グリーミンドの姿が掻き消えたのだ。

グリーミンドが仮死状態となってから、七日目が訪れたのだ。

何事にも、出来る事と出来ない事はある。

時間を戻す事など、俺には出来ない。

あれから二日後。俺の家を訪れた相手が、こちらに向かって口を開いた。

「それで、警邏をしたら突然呼ばれてさ。アタシが駆けつけたときには男の楽器職人の方は死んでいて、娼婦は助かったんだ」

そう言って来客、ニーネは、机に肘をつく。

「それで男を殺したのが女の方で、女を現行犯逮捕。殺人犯を捕まえて、アタシは報酬に色をつけてもらえたってわけ」

「……そしてその報酬を、律儀に俺に持ってきてくれたわけか」

机に置かれた麻袋を、俺は無造作に掴む。中を確認すると、硬貨で五百シャイナ入っていた。そんな俺の傍を通り、ミルが水の入った硝子の盃を運んでくる。机に置かれたそれを、ニーネは礼を言って一息に飲み干した。そして彼女は、小首を傾げる。

「でも、何で男は死んで、女の方は助かったんだろ？」

「まだ、ふつかめ」

「え？」

疑問符を浮かべるニーネを無視し、ミルは部屋から出ていく。まだ今日の洗濯物が残っているのだ。

ニーネの言っている死んだ男というのはグリーミンドの事で、助かった女とはニラの事だろう。ニーネの話では、ニラは娼婦の仲間、ネラたちの誰かだろうが、彼女を心配して家を訪ねてきた所を発見されたのだという。

グリーミンドは、自分の体を日に当てない状態で七日経つと死ぬ、と言っていた。逆に言えば、あの毒針が刺さっても七日が経つ前に日の光に当てれば助かると言う事だ。

しかし、俺はそれをニーネに伝えようとは思わない。言えば、ミルが生霊となっているグリーミンドと会話出来た事も説明しなければならず、最終的にミルが天使族である事を明かす事につながる。そんな事、絶対に俺の口から言えるわけがない。

　話題をそらすために、俺はニーネにこう言った。

「それこそ、その方法は捕まえた女に聞けばいいんじゃないか？」

「それが、全然口を割らないんだよ」

「割らない？」

「うん。どうも、その方法で自分も男の後を追おうと思ってたみたい」

「……自分の殺した男と、同じ死に方が出来ないから教えられないって？」

　訝(いぶか)しがる俺に、目の前の獣人(セリアンスロープ)は頷(うなず)いた。だから俺は、疑問を続ける。

「無理心中をしたいなら、男と一緒に死ねばいいだろ。何故わざわざ自分だけ女は後で死のうとしたんだ？」

「それが、綺麗(きれい)になりたかったんだって」

「綺麗に？」

「その娼婦なんだけど、両親の借金のために売られたみたいなんだ。それで、その借金を返したかったんだって。借金を返しきれれば、綺麗な体で自由になれる。綺麗じゃないと、綺麗な彼と一緒にいれないから、って」

　ニーネの言葉に、俺はニラの言葉を思い出す。

『彼には私のようになって欲しくない、綺麗なままでいて欲しいと思っていました』

『でも、でも金があれば何とかなるのよ！　私は抜け出せるの！　綺麗になれる、自由になれるのっ！』

借金が残っていれば、ニラは当然娼婦のままだ。それでも、汚い自分であっても、彼女はグリーミンドと一緒にいれば綺麗になれたと錯覚出来た。でも、それは所詮ただの錯覚。娼婦の身の上では、ニラは自分が汚い、綺麗な状態でないと考えた。

だから、借金返済に、綺麗な状態で自由になる事に拘っていたのだ。

自分が捨てられる前に、綺麗なままのグリーミンドを殺し。

その後借金を返済し、綺麗になってあの世でグリーミンドと一緒にいるために。

……ニラの言葉は、そういう意味だったのか。

肉と肉の交わる性的指向は、俺如きでは一端すら理解出来ない。

ましてや、個々人の愛し方、その表現の仕方を、俺が理解出来るはずがなかったのだ。

「それ以上の事は、なんにも話してくれなくって。あ、それじゃあそろそろアタシ、警邏の時間だから！」

そう言ってニーネが帰った後、俺は彼女が使った盃を台所に持っていく。すると、ミルが近寄ってきて、俺の方を見上げてきた。

「どうした？」

「チサトは、ワタシのこと、だいじ？」

俺はその言葉に自分の手を止め、ミルに改めて向き合う。

そして俺は、口を開いた。

「……もちろん。僕はミルの事、とっても大切だと思ってるよ」

俺の言葉を聞いたミルは――

「よかった」

そう言って、ミルは天使のような笑みを浮かべた。

第五章

■■■■■■■■■■■■■■■■■■■■■■■■■■■

暗転。反転。回転していた視界が戻り、自分が地面に倒れ伏している事を理解する。天使族の攻撃、超質量の光の翼により俺は地面にめり込み、全身は雷霆に打ち付けられたみたいな有様だ。皮膚は焼け爛れ、裂けて血が滲み、体からは黒と白の煙が立ち上る。

瀕死状態の俺が死なずに済んでいるのは、いくつかの幸運が重なった結果に過ぎない。

その一つは間違いなく、首にした項練のおかげだろう。

袋が破けたので首から下げていたが、これを身に着けていなければ体が僅かばかりも回復する事はなく、俺は間違いなく死んでいただろう。

そして俺が生き残っている、もう一つの幸運があった。顔を動かす気力すらない俺は、どうにか目を動かしてそれを見る。

俺の視界には、無表情にこちらを見下ろしながら近づいてくる、天使族の姿があった。

……何故、まだ俺を殺さない？

少女が動けない俺の傍らで止まり、じっとこちらを見下ろしている。光の翼は依然健在で、その眩（まばゆ）さが目に痛い。しかしその感情のない瞳が、妹の、嘉与（かよ）と同じ目が、あの時の彼女の言葉を思い出させる。

だが天使族の少女の口からは、別の言葉が零（こぼ）れ落ちた。

「回答を求める」

「な、に？」

「初回接触（ファーストコンタクト）では、暫定個体名称Aを脅威になり得る要素と判定。無力化した」

暫定個体名称Aとは、俺の事だろうか？　だが、妹とそっくりな少女が何を言おうとしているのか、俺はまだ理解出来ない。

彼女は続けて、その薄い唇を動かした。

「第二接触（セカンドコンタクト）では、Aから接敵行為を確認。一方、Aからの敵対行動はミルノリス本体を害する行動は含まれていなかった」

それはそうだろう。俺の目的は、天使族の少女の傍（そば）にいる事であって、彼女を殺したいわけではないのだから。

いや、彼女だけではない。俺はいつだって、誰かを殺したいだなんて思った事はなかった。だが結末は、結局最後に殺す事でしか終われない。終われなかった。前の世界でもそうで、この世界でもそうで、そうなりたくなくて、それでも全てを諦めていた時に、嘉与と瓜二つ（うりふた）の天使族と出会ったのだ。

　そして彼女は、こうも言っていた。


『脅威になり得る要素を検知。要素の排除を実行します』

『脅威の収束を確認。ただし、安全地帯（セーフティーエリア）と判断出来ないため、継続して殺戮武装（ジェノサイド・ウエポン）、《翼》の展開は継続します』


　つまり、彼女にとって脅威の対象にならず、そして安全である事が確認出来れば、彼女は翼を振るうのをやめるのでは、と俺は思ったのだ。とは言え、少女に近づくだけで攻撃される。そのためこちらに敵意がない事を、彼女に示す必要があった。

　といっても俺が思いついたのは、彼女を傷つけないようにしつつ、それでも彼女との距離を縮めるという、そんな頭の悪い方法だけだったのだが。いや、それ以上に彼女の涙を、瞼（まぶた）から頬を流れ落ちる血を拭ってやりたいという、俺の身勝手な思いを止める事が出来なかったのだ。

　だがそんな事より、俺には気になる事があった。

「ミル、ノリス……？」

「肯定。個体名称は、ミルノリス」

それは、この天使族の少女の名前なのだろうか？

……だとすると、彼女は、ミルノリスは、嘉与ではないのか。

その事実に落胆するが、その代わりに俺の頭も冷えてくる。もし目の前の彼女が転生者（レインカーネーター）なのであれば、必ず三宝神殿（ラトナトラヤ）で目覚めるはずだ。そして俺の妹なら、人間の俺と同じく人族（ヒューマン）としてアブベラントを訪れている事だろう。前世で嘉与が天使族だったなんて、そんな事実があるわけがないのだから。

つまり、最初から俺の勘違いだったのだ。

だが、冷静ではいられなかった。この世界に来てから、常に叶（かな）えられないと苛（さいな）まれていた妹とそっくりな少女を目の前にしたから。そして、俺が傷つけ、流れた彼女の血が頰と頰を伝って、嘉与が赤い涙を流しているように見えたあの瞬間から、俺は冷静でいられるわけがなかったのだ。

「回答を求める」

天使族の少女は、妹と似ている彼女は、再度俺に向かってそう口にする。彼女が聞きたいのは、何故（なぜ）俺が少女を直接攻撃しなかったのか？　という事だ。天使族のその疑問に、俺は自嘲気味に笑った。そんな俺を見て、彼女は小首を傾げる。

「追加での回答を求める。その笑みの意味は何か？」

「……そんな事が気になるんだな、と思っただけだ」

「そんな事ではない。今まで接近した対象は、例外なくミルノリス本体を害する行動に出ていた」

それはある意味、当然の事実だと思えた。地下迷宮にいる魔物は、時に同族同士であっても喰らいあう関係だ。それが他種族なのであれば、なおさらそうなるだろう。そして自衛のために、ミルノリスが先制攻撃をあの翼で繰り出していたのだ。だからだろうか？そうでない初めての対象に、俺に、天使族の少女が興味を持ったのは。

魔物を一撃で屠る翼を今一度広げて、ミルノリスの暗い瞳が輝く。

「Aの行動は、特殊だと判定。その行動原理を解析するのは、ミルノリスにとって有益であると判断する」

そしてミルノリスは、再度同じ言葉を口にした。

「回答を求める。何故Aは、ミルノリス本体を害そうとしなかったのか？」

「傍に、いたかったのさ」

ミルノリスは、尚もその口から問いかけてくる。

「詳細な説明を求める」

「助けたかった」

「……追加での説明を求める」

その話こそ、苦笑いと、そして押しつぶされんばかりの後悔に耐えながらでなければ、話す事は出来ない。だが、俺はミルノリスにそれを話す事にした。

「正確には嘉与を、妹を助けたかったのさ」

「意味不明。暫定個体名称Aの、発言と発言の因果関係を見つける事が出来ない」

「似てるんだよ。僕の妹と、君がね」

……これも、何かの縁か。

妹に似ている少女に、俺は前の世界の自分の話を口にする。

「僕にはね、嘉与っていう名前の妹がいたんだ」

「その固有名詞は記憶している。Aがミルノリスをそう呼称した。しかし、それは誤りである」

「……そうだね。君は、僕の妹じゃない。でも、思わずそう言ってしまうほど、そう思い込んでしまう程、似ていたんだ」

「Aの妹は、ここに存在しているのか？」

「いいや。死んだよ。僕の目の前でね」

そして僕は、ミルノリスに全てを話した。

嘉与を治すために、僕は医者になった。そして、ついに彼女を治すための手術をする事になったのだ。結果、手術は成功、したはずだった。手術が成功した直後、地震が起こったのだ。

酷い、地震だった。

僕が手にしていた解剖刀以外の機器類は倒れ、モニターや点滴スタンドも落下。点滴ボトルは裂けて、その中身を床にぶちまけた。壁に罅が入り、天井からは二次部材が落下してくる。僕は嘉与を守るため、彼女に必死になって覆いかぶさった。僕は部材の下敷きになり、そして妹は、嘉与は――

それは僕の、いや、俺の罪の記憶だ。俺の犯した、過ちの記憶だ。俺の背負うべき、非難されるべき咎だ。

それを全て、俺はミルノリスに話した。

助けたかった。

もう一度、嘉与の笑った姿が見たかった。

でも、それは叶わなかった。俺は彼女を、救えなかった。

無様に生き残った俺は、前の世界で無様に生き恥を晒して。

そしてこの世界でも、自分の無力さに自暴自棄になっていた。

そんな俺の前に、現れたのだ。

妹に、嘉与にそっくりな、翼を持つ天使が。

「今度こそ、助けたかった。生きていて、欲しかった。僕はどうなってもいい。君が、嘉与が、もう一度笑ってくれるなら、僕は何だってする。この世界で否定していた暗殺者の、誰かを殺す才能を使い潰してでも、妹を守ってみせる！　お前を守ってみせる！　殺す事でしか守れないなら、僕はこの世界を殺し尽くしてだってみせるっ！」

俺の魂からの絶叫が、地下迷宮に響き渡る。自分のその叫喚が、狂気のそれだと気づいている。でも、それでも叫ばずにはいられない。この叫声こそが俺の全てで、そして僕の中にある本心なのだから。

嘉与を、本当に心の底から救いたかった妹の顔を前に、僕は自分の心を偽る事が出来ない。

俺の哀れな慟哭を、懇願のような無様な懺悔を、果たして天使族の少女は黙って聞いていた。

感情を宿さない暗い瞳が、俺を見つめている。彼女の小さな唇が動こうとしたその刹那、翼が一気に広げられた。そして次の瞬間には、全てを屠るそれが振るわれている。

大気を焼き、空気を喰らい、紫電を撒き散らしながら、紅雷をまとわせながら、天使の翼は触れる全てを焼き斬り殺す。迫る全てを圧し潰して磨り潰す。

鮮血が宙にばら撒かれ、焼き焦がされた血肉が異臭の発生源となって地下迷宮の地面を、そして壁を、見るもの全てが目を背けたくなるような歪な絵画のように彩った。

血と肉。骨と臓物。異臭に死臭が、俺の五感を強烈に刺激する。それらは全て、ミルノリスが屍に変えた魔物だった。俺はその事実に、一瞬思考が停止する。

天使族が一方的に魔物を虐殺出来るのは、今更驚かない。驚いたのは、ミルノリスがこれほど多くの魔物の接近を許した事だった。

……俺の話に、聞き入っていたのか？

そんな馬鹿なと、俺は思う。項練（ネックレス）の効果か、どうにか体を動かせるようになった俺は鈍重な動作で自分の身を起こし、彼女の顔を見つめる。しかし、無表情な彼女の顔を見ただけでは、天使の心の中を窺（うかが）い知る事は出来なかった。

その代わりとでも言うように、少女は俺に向かってこうつぶやく。

「Aの、個体名称は何か？」

「……僕の、名前を聞いているのか？」

「肯定」

頷（うなず）かずに、ミルノリスはそうつぶやく。僕は喘（あえ）ぐように、自分の口から言葉を紡いだ。

「……知聡（ちさと）。僕の名前は、荻野（おぎの）知聡だ」

「チサト……」

そうつぶやき、ミルノリスは小さく頷く。

「チサトは先程、ミルノリスを守ると発言したな？」

その言葉に、俺は一瞬虚を衝（つ）かれる。だが確かに、俺はこう言っていた。

お前を守ってみせる、と。

「そうだな。確かに言った。僕は、君を守るよ」

事実、俺はそう行動するだろう。たとえ顔が似ているだけであっても、俺が勝手に嘉与に重ねているだけであっても、妹に似た彼女がいなくなる事に、傷つく事に、俺は耐えられないだろうから。

俺の答えを聞いたミルノリスは、また小さく頷いた。

「チサトを、相互補完関係を結べる対象と判定。チサトは、ミルノリスと相互補完関係を結びますか？　［Ｙｅｓ／Ｎｏ］」

「何？」

「相互補完関係を結びますか？　［Ｙｅｓ／Ｎｏ］」

「……それは、ミルノリスは、俺が君の傍にいる事を許してくれるという事か？」

「その質問の回答は肯定であり、否定でもある。ミルノリスの補助をチサトが行い、チサトの補助をミルノリスが行うという契約である」

言い回しは違うが、それは俺が彼女の傍に存在出来るという意味に他ならない。

ならば、もう既に答えは出ている。

「Ｙｅｓだ。僕の傍にいてくれ、ミルノリス」

「了承しました。オギノ・チサトを、ミルノリスの第二保全対象に設定します」

そう言うと、ミルノリスは更に無機質な言葉を紡ぎ続ける。

「チサトの周辺を、安全地帯（セーフティーエリア）と判断。脅威の収束を確認。安定状態（スリープモード）に移行します。殺戮武装（ジェノサイド・ウエポン）、《翼》の展開を抑止——失敗。左翼への接続途絶。再起動（リスタート）します。——成功。右翼の収納を開始します」

天使の背中から生える光の翼が、徐々にその光を収束させていく。その代わりに、地下迷宮が闇の世界に戻っていった。

俺は慌ててボロボロになった上着を脱いで、光を失おうとしている彼女の翼に当てて、それを燃やして火種とする。先程ミルノリスが殺した魔物の骨に巻きつけて松明（たいまつ）を作っている間に、彼女の翼は完全に姿をなくしていた。

先ほどとは明と暗の割合が逆転し、地下迷宮に暗闇が満ちて、光は俺が手にする炎の明かりだけとなる。聞こえる音も、火花が散る音、天使と暗殺者の息遣い、そして心音だけが残された。

ミルノリスが俺の傍まで寄り、松明の光で輝く瞳でこちらを見つめる。

「おなかすいた」

その言葉に。

俺は久々に、本当に心の底から笑った。

物言わぬ死体となった男性の顎を、俺は少し上に向けた。遺体を持ち込んだジェラドルが言っていた通り、死体の首筋に傷跡がある。その傷跡は二か所あり、共に頸動脈まで達していた。傷の大きさは直径〇・五ミリ程で、犬歯が刺さったかのようにも見える。目立った外傷は、この傷以外見当たらない。解剖して血管の状態などを見ていくが、特に気になるような損傷はなかった。

気になる点があるとすれば、この遺体には血液が全く残されていないという事だが、それは既にジェラドルから話を聞いている。他にも『冒険者』が、この死体と同様の状態で何人か帰らぬ人となって発見されているらしい。俺は着替えた後、ミルと共に、待たせていたジェラドルの下へと向かう。

解体部屋から出てきた俺の顔を見ると、奴は間髪容れずにこう言った。

「どう思う?」

「事前に話に聞いていた通り、血を流しすぎた事による失血死だな。体から綺麗さっぱり血がなくなっている。遺体の外傷から察するに、あの首の傷が原因だろう。だが、他には体の外にも中にも、目立った傷はない」

「そうか……」

椅子に座ったジェラドルは、難しい顔をして顎に手をやる。

「やはり、吸血鬼(ヴァンパイア)が被害者の血を全て吸ったと見るべきか？」

「もしそうなら、冒険者組合(ギルド)にとって大問題だな。何せ、町中で『冒険者』が襲われた事になる。しかも連続殺人だ」

　俺はジェラドルの向かいの椅子に座りながら、皮肉げに笑う。俺が検死、解剖を依頼された死体は、ドゥーヒガンズで発見されたと聞いている。ジェラドルが言う通り吸血鬼に襲われたのだとしたら、この町は魔物(モンスター)が容易に入り込める状態だという事だ。

　ケルブートの事件以降、その辺りの強化はなされていたはずだし、聖水(ホーリーウォーター)の散布も行っていたはず。聖水は、吸血鬼に対しても効果を持つのだ。しかし――

「聖水が効かない吸血鬼が出現したとなると、この町も近いうちに全滅かもな。奴らは嚙(か)んだ対象を腐死者(ゾンビ)化する事もある。見せてもらった遺体が腐死者化していなかった幸運を、喜ぶべきだろう」

「笑っている場合か！」

　ジェラドルが勢いよく机(テーブル)を叩(たた)く。

「もしお前の言う通り魔物を町に通してしまったとなると、冒険者組合の大きな失態となる。だが、聖水が効かない新種の吸血鬼が現れたとなれば、それはもうこの町どころか、グアドリネス大陸全体に波及する大事件だぞ！」

「しかも、その新種？の吸血鬼が生んだ腐死者も、聖水が効かないかもしれないしな」

「だから、どうしてそう悠長に構えていられるんだっ！」

ジェラドルは、ミルの方を指差した。

「お前と一緒に住んでいる、この子に危険が及ぶかもしれないんだぞ！」

確かに、ジェラドルの言い分も一理ある。彼が言うような新種の吸血鬼が生まれた可能性が高いのであれば、ミルに危害が及ぶような事が起こりえるなら、俺もこんなにのんびりとはしていない。むしろ率先して殺して回り、狩り尽くしているはずだ。

しかし、俺はそうした行動を取っていない。

「落ち着け、ジェラドル。俺の見解では、新種の吸血鬼が生まれた可能性はかなり低い」

「……理由は？」

「さっき話した通りさ。目立ったのは首の傷だけで、後は体の中も外も綺麗だった」

個体差はあるものの、人間の血液量は体重で計算する事が出来る。平均的に体重一キログラムにつき、血液は約八十ミリリットルだ。体重が六十キログラムの人だと考えると、血液は約五リットル弱。『冒険者』の体重はもっと重いはずだが、計算しやすくするために、一旦被害者の体重は六十キロ、血液は五リットルとして考えよう。そう考えると、ジェラドルが言ったように吸血鬼が遺体から全ての血を吸い尽くしたのだとするならば、五リットルもの血液を飲み切った計算となる。

頸動脈の傷は直径〇・五ミリ程度の穴が二つしか存在していなかった。血管内を流れる血液の速度は、大体秒速〇・六メートル程だ。外気の気温や血液濃度、血圧等も考慮すると、動脈に開けられた一つの穴から血液は約秒速五メートルで流れ出ると試算出来る。結果として、吸血鬼が人から全ての血を飲み干すのに、四十分以上かかる事になるのだ。もちろん、体重が六十キログラム以上の『冒険者』の血液を吸い尽くすには、もっと時間がかかる。

「もしあの外傷だけで『冒険者』が体中の血液を失い、失血死したとするなら、襲われた被害者は長時間吸血鬼に噛まれ続けた状態で、ただじっと自分が死ぬのを待ち続けていた事になる。しかも、完全に無抵抗で、だ。噛み直したような傷もなかったからな」

「だが、抵抗出来ない状態にされていたり、一瞬で血を吸われた可能性もあるんじゃないのか？」

ジェラドルの疑問に、俺は首を振って答える。

「後者の場合であれば強引に血を吸った痕跡があるはずだが、それは見受けられなかった」

無理やり血を吸い出そうとすれば、それだけ血管に負荷がかかる。五リットルの飲み物を、直径〇・五ミリの穴が二つ空いた吸管(ストロー)で、一瞬で飲み干そうとすればどうなるかを考えてみてもらいたい。血を飲み干す過程で血管はずたずたになるはずだ。

しかし、遺体の体の中も外も綺麗なもので、無理やり吸い尽くしたとは考えられない。

「そして前者の無理やり拘束されていたような状況も、考えられない。繰り返しになるが、首以外に目立った外傷がないからな。縄で縛られていたような痕もない」

「……眠らされていた、というのならどうだ？」

「それなら《魔法》でも可能だ。つまり吸血鬼だけでなく、人族や亜人でも犯行が可能という事になる。俺はそっちの方が、新種の吸血鬼が現れた説より現実味があると思うがね」

「だったら、この傷の意味は一体何なんだ？」

「それは、犯人が吸血鬼の仕業に見せかけるためだと思うが」

「一体何のために？　調査を攪乱させるためであったとしても、労力に見合わない」

そこまで聞いて、俺はジェラドルの言葉に違和感を覚えた。

「ひょっとして、冒険者組合は既に吸血鬼の犯行だと断定してこの件を対応しようとしているのか？　そして『魔道具』取り締まり担当のお前はその動きに納得出来ないから、独自で俺に検死、解剖を依頼したのか？」

ジェラドルは、黙って下を向いている。俺は思わず大きな溜息を吐いた。

「なら、俺への依頼料は全て自費なのか？」

「そう言ったら、依頼料は負けてくれるのか？」

「馬鹿言うな。きっちり支払ってもらう」

そう言って頬杖(ほおづえ)をつく俺を、ジェラドルは恨めしそうに見つめる。

「だが、冒険者組合の他の連中の言っている事もわかるんだ。被害者たちは比較的『冒険者』としての経歴が浅いぐらいで、どこか特定の組織に出入りしていたというような共通点はない。彼らが誰かに恨みを買って殺された、という線も薄い。金銭目的であれば、もっと儲(もう)けている『冒険者』もいるが、そういう奴らは被害にあっていない」

「それは単純に、犯人が儲けている『冒険者』、つまり熟練の相手に勝つ技量がなかっただけなのでは？」

「だとすると、『商業者』にも被害が出ていないとおかしい」

「まだ出ていないだけかもしれないぜ？」

「そうだとしても、組合に所属している『冒険者』が連続して殺害されているんだ。冒険者組合としては、何か対策を打たなくてはならないんだよ」

「それで、その生贄(いけにえ)の羊に選ばれたのが、吸血鬼ってわけか」

「そうだ。吸血鬼が犯人なのであれば、奴らがまだ自分の脅威となる前の『冒険者』を集中して狙っている、という事で、一応の犯行理由も説明出来る」

「吸血鬼が狙う対象をそういう観点で決めるもんかねぇ」

そう言って俺は隣に座るミルへ視線を送ると、彼女は少しだけ首を傾(かし)げた。天使族(エンジェル)の彼女であっても、流石(さすが)に魔物の特性を全て知っているわけではないらしい。

「ともかく、今回の事件は冒険者組合の威信に関わる。まずは組合として一致団結し、この件に対応するつもりだ」

「まぁ、今新種の吸血鬼が現れた、そして今後も未来永劫現れないという可能性を俺は完全否定出来るわけではないし、冒険者組合に属しているわけでもない。お前らがそういう方針で進めるというのなら、俺としては特にいう事はないよ」

金の出所が何処であれ、俺は依頼料を満額もらえるのであればそれでいい。

しかし、冒険者組合の方針は俺への依頼にも影響があったようで、ジェラドルはこんな事を言い始めた。

「なら、吸血鬼対策として、チサトにも町の警邏をお願いしたい。これは冒険者組合からの依頼なので、当然俺の自腹じゃないがな」

「……俺が？　金がもらえるなら何でもやるが、何故？」

そう言うと、ジェラドルは疲労感の多い溜息を吐く。

「人が足りんのだ。今ドゥーヒガンズに『幸運のお守り』という、胡散臭い『魔道具』が出回っていてな。なんでも運気を向上させたり、病気を治したりする効果があるらしい」

「病気を？」

「それだけじゃない。ここが肝心なんだが、この『幸運のお守り』って奴は、吸血鬼にも襲われないって効果があるらしいんだ。しかもかなりの高値で取引されているらしくてな。

安くて一万シャイナはくだらないって話だ。今も値段は高騰し続けている」

「……なるほど。お前がこの事件に首を突っ込んでいる理由がわかったよ」

『魔道具』取り締まり担当のジェラドルとしては、恐らく『幸運のお守り』の取り締まりの方が本命なのだろう。しかし、『幸運のお守り』には吸血鬼という存在が色濃く関係してる。『魔道具』の方はジェラドルが追い、吸血鬼の方は俺が追う、という構図なのだ。

俺は思わず、口角を吊り上げた。

「そこまでお前に信用してもらっているとは思わなかったよ」

「お前は金さえ払えば、その分きっちり働いてくれるからな。そこは信じてるよ」

「だから、自腹を切ってもいいと？」

俺の言葉に、ジェラドルが爆笑した。

「馬鹿野郎！　誰がお前に一シャイナだって払うかよ」

その言葉に、俺は眉をひそめる。

「何？　だったら検死、解剖の依頼料はどうなる？」

「だからチサト、お前が冒険者組合に請求する警邏の依頼料に、今日の検死、解剖の依頼料もちゃんと積んでおけ。間違えたらお前、ただ働きになるぞ？」

言われて思い返すが、確かにジェラドルは、自腹で俺に依頼料を払うとは一言も言っていなかった事に気が付いた。ドゥーヒガンズを守る『冒険者』の逞しさに、俺は苦笑する事しか出来ない。

「そういう強かさは、ちゃんとニーネにも教えてやれよ。あいつは危なっかしい。下手すると、ドゥーヒガンズ内の揉め事に巻き込まれるか、自分から首を突っ込んでいくぞ」

「だったらもう少し、チサトも気にしてやれ。気づいてるんだろ？　あの子の気持ち」

まっすぐ俺を見るジェラドルに向かって、俺は肩をすくめる。

「一度助けたぐらいで惚れられるんなら、すぐに他の『冒険者』に目が行くだろう」

「……本気で言ってんのか？　お前」

「本気も何も、お前だってニーネが俺とくっついて上手くいくだなんて思ってないだろ？」

そういうとジェラドルは先ほどまでの怒気を潜めて、黙り込む。

ニーネは、『冒険者』として輝かしい栄光を求めている。そして俺は、その対極側にいる存在だ。俺は彼女の求める光ではなく、暗黒の闇を選んでいる。

ジェラドルもそれはわかっていて、わかっているからこそ納得出来ないというような表情を浮かべていた。

睨み合うように見つめあう俺たちをよそに、ミルが俺の膝の上に座る。

「だいじょーぶ」

「……何がだい？　お嬢ちゃん」

「チサトには、ワタシがいる」

それで、何が大丈夫なのか、ジェラドルに伝わったわけがない。だが彼は、そのミルの言葉に声を上げて笑う。ひとしきり笑った後、ジェラドルの目尻には、笑いすぎて涙が浮かんでいた。

「いやぁ、なかなか大したお嬢ちゃんだ。おいチサト。その子、ちゃんと大切にしろよ」

その言葉に、俺は力強く、そして確かに頷いた。

言われるまでもなく、当然そのつもりだ。

「おや？　誰かと思えば、『復讐屋』じゃないか」

ミルと共にドゥーヒガンズの市場を散策していると、馴れ馴れしく声をかけられた。振り返ると、そこにはいつぞや出会った『商業者』の姿があった。

「あんたは確か、イマジニットだったたか？」

「覚えていてくれて嬉しいよ」

そう言って、イマジニットが朗らかに笑う。そしてそのまま、こちらに話しかけてきた。

「どうだい？　商売の調子は」

「……相変わらずさ。そっちは？」

「なんとか軌道に乗ってきた、というところかな。初期投資は散々だったんだがね」

苦笑いを浮かべて、イマジニットは俺を一瞥する。

「やっぱり、この町の警備が強化されたのが痛かったね。目を付けていた商売道具を、易々（やすやす）と運び入れれなくなっちまってさ」

その言葉に、俺は少し眉を動かした。

「冒険者組合（ギルド）に目を付けられるようなものでも扱ってるのか？」

「大なり小なり、皆似たような事やってんだろ？　規制されるされないの境界線を攻めなきゃ、商売なんてやってられんのさ。あんただって、組合には所属してないんだろ？」

笑いながらそう言われ、俺は鼻を鳴らした。以前ミルと歩いている時に出会った芸人（パフォーマー）など、危ない橋を渡っている奴（やつ）らがイマジニット以外にも存在する事を、俺は知っている。それにイマジニットに言われた通り、俺自身も似たようなものだ。

ジェラドルと繋（つな）がりがあるため冒険者組合ともそれなりの関係を築けているが、出会った頃のニーネのような新米『冒険者』を始め、俺の事を良く思っていない『冒険者』も少なくない。『賞金稼ぎ（バウンティ・ハンター）』をしているわけでもないし、俺は別にイマジニットを強く責めようとも思わなかった。無論、イマジニットに高額の賞金がかけられているのであれば、話は別だが。

俺の考えている事を感じ取ったのか、イマジニットが嬉しそうに笑う。

「いいね、いいね。やっぱりあんたは、私の見込んだ通りの人だよ。自分に見返りがないような事はしないし、興味がない。いやぁ、あんたと縁を持てて、私は幸せものだよ！」

「……そいつはどうも」

「さっきも言った通り、ようやく私の仕事も軌道に乗り始めたんだ。最初は上手い事商品が増やせなかったんだが、最近やっと黒字に向かってきた。散々遠回りしたが、投資した元金も回収出来そうなんだ。もし何か必要なものがあったら言ってくれ。あんたには、特別安く卸してやろう、『復讐屋』」

「……そうかい。そいつはありがたいな」

そう言いながら、俺はジェラドルに聞いたお守りの話を思い出していた。

「なぁ、あんたなら、『幸運のお守り』は手に入るか？」

「……へぇ、『幸運のお守り』かい？」

イマジニットの瞳が、怪しく光った。それは『商業者』として商機を見出したからなのか、それとも後ろ暗い商品を取り扱うからなのか、俺には判断出来ない。

「お安い御用だ。贔屓の仕入れ先があってね。仕入れ目途が立ち次第、すぐに連絡するよ」

「だが、お前は仕入れが専門で、卸すのは別の奴に頼んでいたんじゃなかったのか？」

「そうとも。仕入れは私がやる。だが、今は卸す先は無数にあるんだ。その一つがあんたになっただけの事だよ」

「……なるほどな」

「卸先の組織は、小さく沢山育てておいたからね。後は私が何もしなくても、互いに卸先を見つけて勝手に成長してくれる」

「じゃあ、仕入れの目途がたったら、連絡して欲しい」

「わかった。あんたの店に連絡するので構わないかい？　そこで値段交渉もさせてくれ」

「それで問題ない」

「では、ひとまず交渉成立だな」

そう言って、イマジニットは朗笑しながら、俺たちの目の前から去っていく。その背中を見つめていたミルが、ポツリとつぶやいた。

「くさい」


ジェラドルに頼まれ、検死、解剖をしてから十日後。俺は、奴から事前に話を受けていた町の警邏に加わっている。時間帯としては既に日が暮れ、日付が変わった丑三つ時あたりだ。他の『冒険者』たちと一組になり、ドゥーヒガンズの北側区画の警備を行っている。

その最中、一緒に行動していた男、確か天職が《剣士》のドニニエルという名前だった、が鞘に収まった剣が腰にあるのを確認しながら、周りに問いかけた。

「なぁ、お前ら聞いたか？」

「何がだ？」

ドニニエルに反応したのは、戦士(ソルジャー)のデイガンだ。背中に巨大な抜き身の剣鉈(シャムシール)を背負っている。デイガンは欠伸(あくび)を噛(か)み殺しながら、ドニニエルへ話の先を促した。

「何を聞いたって言うんだ？」

「……昨日の夜、この辺りの見回りをしていた奴が、見たんだってよ」

「だから何をだよ！」

要領を得ないドニニエルの言葉に、デイガンの言葉が強くなる。しかし、デイガンの言葉が届いていないのか、ドニニエルは震えながら、話を続けた。

「吸血鬼(ヴァンパイア)だよ。吸血鬼を、この町で見たって言うんだ！」

「そ、それがどうしたっていうのさ！」

巨大な槍付き兜(ピッケルハウベ)の位置を直しながら、《重装歩兵(ファンクラス)》のブレイディアドリーが身を震わせた。彼よりも一回り大きい巨大な甲羅盾(ティンベー)を揺らし、声を上げる。

「た、たとえ吸血鬼が出て来たって、ぼ、ぼくらが負けるはずないさ！　こ、こっちは四人もいるわけだしっ！」

そう、この十日の間に、この吸血鬼騒動はより複雑さを増していた。

例の全身の血がなくなった死体は更にその数を増やし、『冒険者』以外の被害も発生。ついには『冒険者』の中にも吸血鬼を見た、と言い出す奴らまで出てきたのだ。行方不明になっていた人が夜彷徨(さまよ)っており、それを目撃した数日後、目撃された行方不明者が死体となって発見されるという証言も出てきている。

もはや誰の言っている事が正しく、誰の言っている事が間違っているのか判断し辛くなった冒険者組合は、警邏を四人一班とし、複数人で必ず行動する事を求めていた。俺もこの例に漏れず、俺、ドニエル、デイガン、ブレイディアドリーの四人で行動している。

無論、いつも通りミルも俺についてきていた。しかし、新種の吸血鬼がいる可能性を否定出来ないのと、警邏に少女を連れて行くのが特例でも許されないいため、俺の切除でミルの気配は完全に消し、少し後ろを歩いている。

ミルはただ、黙って俺の後をついてきた。

「……でも、俺の知り合いの『冒険者』、数日前から行方不明になってるんだよ」

ドニエルが、顔を青くしながらそう言う。

「心配なのはわかるが、『冒険者』の行方が数日わからないなんて、よくある事だろ？『商業者』の護衛とか、開拓者街道に行ってるとか。最近皆、過剰反応し過ぎだ。なんでもかんでも吸血鬼に結びつけたのでは、見えるものも見えなくなる」

デイガンがもっともな意見を言うが、ドニエルは首を縦に振らない。

「でも、心配なものは心配なんだよ！　今になって、町で出回っているお守り、手に入れておけばって、後悔しているんだ」

「『幸運のお守り』か？　馬鹿野郎！　取り締まり対象じゃないか！　そんな胡散臭い

『魔道具』、効果なんてありはしないぜっ！」

「そうかな？　でも、試してみる価値はあるんじゃないか？」

「やめとけって！」

デイガンが『幸運のお守り』の効果を否定し、ドニニエルはどうやら少し、お守りの効果を信じているようだった。このまま放っておけば議論が白熱し過ぎると思い、俺はブレイディアドリーへ話を振る。

「ブレイディアドリー、あなたはどう思う？」

「な、何がだい？」

「『幸運のお守り』の効果はあるのか、って話だよ！　ないだろ？　そうだろ？」

「いや、俺は全くないわけじゃないと思うんだよね！」

ブレイディアドリーに、デイガンとドニニエルが詰め寄る。ブレイディアドリーは唇を強く嚙みしめ、絞り出すように口を開いた。

「ぼ、ぼく、実は持ってるんだ。『幸運のお守り』」

「……何？」

俺は思わず聞き返すが、デイガンとドニニエルは、ブレイディアドリーの方へ身を乗り出していた。

「何だと！　何故(なぜ)見つけた時、ジェラドルさんに報告しなかった！」

「どこで？　どこで手に入れたんだ？　教えてくれ！」

お守りの流通経路、実物はどうなっているのか、何で出来ているのかと議論が巻き起こる最中、ミルが俺の袖を引いた。声を出すと他の三人に存在を気づかれてしまうため、声を出さずに唇だけを動かしながら、道の一方を指差す。

『あっち』

見ればその先に、薄らと朧げな人影が立っていた。徐々に輪郭を表す男性へ他の三人も気づいたのか、突然現れた人に驚きながらも手にした武具を構える。だが俺たち四人の中で一番驚いていたのは、他でもないドニニエルだった。

彼は開口一番、こう叫ぶ。

「メイロミル！　今まで一体、何処に行ってたんだ？」

「知り合いか？」

デイガンの言葉に、ドニニエルは力強く頷く。

「ああ、さっき話した、行方不明になっていた知り合いだ。無事だったんだな！」

ドニニエルにメイロミルと呼ばれた男は何かを伝えようとするが、突如俺たちに背を向けて走り出した。

「待て！　何処に行くんだ、メイロミルっ！」

「おい、待つんだドニニエル！」

「お、置いてかないでくださいよぉ！」

ドニエルの後に、デイガンとブレイディアドリーが続く。無論、俺もその背中についていった。だが、角を曲がった瞬間、唖然とした表情で棒立ちになるドニエルたちに、直ぐに追いついてしまう。

「どう、なってるんだ？」

「き、消えた？」

「メイロミル！　嘘だろ？　何処に行ったんだ、メイロミルっ！」

姿が見えなくなったメイロミルを、四人で捜索する。日が昇るまで捜索は続けられたが、手掛かりは何一つ、一切つかめない。だが捜索中、俺は密かにミルとメイロミルの話した内容について、確認を行っていた。

「ミルには、ミルにだけは、メイロミルの言葉が理解出来たか？」

『うん。わかった』

「あいつは、何て言っていた？」

『たすけて、って』

「……他には？」

『もうすぐおれは、ころされる』

助けを請われても、逃げ出されてしまっては助けようがない。

「メイロミルには、俺たちの声は聞こえていたんだな？」

『うん。でも、もうへんじはこないはず』

「それは、何故？」

『たぶん、さっき、なのかめになった』

「……そうか」

それから三日後、行方不明となっていたメイロミルが、遺体となって発見された。メイロミルの首筋には、他の『冒険者』たちと同様、噛まれたような傷跡があり、彼の天職が魔法使い（ウィザード）であったと、ドニエルから教えてもらった。

「それで？　ブレイディアドリーの持っていた『幸運のお守り』はどうしたんだ？」

「当然、冒険者組合（ギルド）が没収。『幸運のお守り』を売りつけた相手も、既に捕らえたよ」

麦酒（ビール）の入った硝子（ガラス）の盃（グラス）を傾けながら、ジェラドルはそう言った。だがその言葉とは裏腹に、その表情は忌々し気に歪（ゆが）んでいる。今の時間帯、酒場は書き入れ時のはずなのに客は俺たちしかいない。それはこの場所がドゥーヒガンズの外れ、更に貧困層が住む東区画にある隙間風が吹く店だからか、はたまた最近の吸血鬼騒動の影響か。

何（いず）れにせよ、人がいない方が俺にとっては都合が良かった。

「その様子じゃ、そこまでしか辿（たど）り着けなかったみたいだな」

「ああ、そうだよ！　どれだけ探しても、胴元まで辿り着かねぇっ！」

机に向かって、ジェラドルが苛立ちをぶつけるように硝子の盃を振り下ろした。その拍子に盃の中の麦酒が飛び跳ねる。その雫を、椅子にちょこんと腰かけたミルが僅かに顔を傾けて避けた。そして何事もなかったかのように、腸詰を咀嚼する作業に戻る。

「間に、どれぐらいの人数が噛んでるんだ？」

「仲介業者は二次受け、三次受け、更に四次受けまで辿ったさ！　でも誰も、『幸運のお守り』を卸している胴元の存在を知りやしねぇ。酷い時には、自分が『幸運のお守り』を売ってる自覚がない奴もいやがる！　ブレイディアドリーにお守りを売った業者も、そうした一人だったよっ！」

ジェラドルは麦酒を飲み干すと、女給に同じものを要求する。酒が運ばれてくる前に、俺は彼に向かって身を乗り出した。今日ここに来た、本題に入るのだ。

「それで、今日押収した『幸運のお守り』を見せてもらいたいんだが」

そういう俺を、ジェラドルは不機嫌そうに鼻を鳴らして一瞥する。だがすぐに、懐から小瓶を取り出した。瓶の中には薄い靄のようなものが入っている。それは絶えず揺らめいており、部屋の明かりを受けて、本当に淡く色を変えている。青や赤といった、虹で使われているような色を、数秒間隔で変化させているように見えた。

「こいつが、『幸運のお守り』なんだそうだ」

俺は適当に相槌を打ちながら、ミルの方を一瞥する。彼女は腸詰を刺した肉叉を片手に、じっとそれを見つめていた。そしてその後俺の方へと振り向くと、小さく頷く。その事実に俺は、心の中で一つ、仄暗い誓いを立てた。

「でもチサト、どうしてお前『魔道具』に興味を持ったんだ？　俺はてっきり、この事件が長引けば冒険者組合から長期で報酬が手に入るって喜ぶばかりだと思ってたのに。やっぱりあれか？　ニーネの事が気になるのか？」

「……何？」

ジェラドルの言っている事がわからず、俺は疑問の声を上げる。逆にジェラドルは、当てが外れたというような表情を浮かべた。

「なんだ、聞いてないのか？」

女給から硝子の盃を受け取ると、ジェラドルはそれを一気に呷る。

「最近、ニーネの姿が見えないらしい」

先日、自分で言った言葉を俺は反芻する。俺はあの時、ジェラドルにこう言った。下手すると、ドゥーヒガンズ内の揉め事に巻き込まれる、と。

デイガンがドニエルに言ったように『冒険者』の行方が数日わからないなんて、よくある事だ。だが、『幸運のお守り』の実物を見た以上、心中穏やかではいられなくなる。

「それで、姿が見えなくなった新米『冒険者』を冒険者組合はずっと放置するつもりか？」

「俺に当たるなよ！　そもそも冒険者組合はニーネだけじゃなくて、他に消えた『冒険者』の行方も追ってるんだ。『幸運のお守り』の胴元もな。人手が足りねぇんだよ」

「いつ、きえた？」

腸詰を嚥下（えんげ）したミルが、抑揚のない言葉でジェラドルに問いかける。

「冒険者組合に顔を出さなくなって、今日で四日目だ。チサトと地下迷宮（ダンジョン）に潜って、それから動けるようになった後、ニーネは必ず毎日組合には顔を出してたからな。間違いねぇ」

ミルが俺に無機質な視線を送ってくる。その視線の意味を、俺は十二分に理解していた。

俺は礼を言ってジェラドルの酒代も含めた紙幣と硬貨を机に置くと、そのまま酒場を後にする。俺が開けた扉が閉まりきる前に、ミルが酒場の扉をくぐった。もう日は暮れており、宵闇が辺りを包んでいる。ドゥーヒガンズの外れで飲んでいたためか通りの明かりはまばらで、今日は闇色がやけに濃く感じた。

「もう、いつかめかも」

「……わかってる」

ニーネが、良くない事に巻き込まれていそうだ、という予感はある。だが、時間もなければ手がかりもない。一度救った命だ。助けたくないかと言われれば、当然助けたいに決まっている。だが――

「常に俺が、あいつの傍（そば）にいてやれるわけじゃないからな」

「……いいの？」

「ああ。僕はもう、何を優先するのか決めている。何を一番に考えるかを、ね」

ミルは少し黙って僕の顔を見上げていたが、やがて俺の手を握る。そして俺たちは、ドゥーヒガンズの暗がりの中へと消えていった。


夕日が、立ち並ぶ建物の影を静かに伸ばす。茜色から闇色へ変わりゆく刹那の間に、二つの影と影が、路地裏で出会った。場所は、ドゥーヒガンズの東側。道端に転がる犬の死骸を鼠と虫が貪り食っているその隣で、人影と人影の手と手が交わる。

あるものがもう一方の影へ手渡され、それに応えるようにまた別のものがもう一方の影へと手渡された。その後影たちは互いを振り返る事なく、一方は更に路地裏の奥へと進んでいき、もう一方はある建物、潰れた教会へ向かって走り出した。そして廃墟と化した教会に辿り着き、中に入った影は建付けの悪い扉を閉めると、ようやく頭巾を脱ぐ。

そしてその人影は教会の入り口から堂内中央部、身廊へと歩みを進める。そこでなんとか形を保っていた長椅子の上に先程受け取ったものを置き、燐寸を擦って洋灯に明かりを付けた。

そこでようやく、影は驚嘆の呻き声を漏らす。洋灯が自分以外の人影を照らしている事に、気が付いたのだ。

「誰だ！」

「落ち着け、俺だよ」

そう言って俺は、手にした自分の洋灯を灯（とも）す。その明かりを合図にしたかのように、ミルは教会の祭壇の上の蠟燭（ろうそく）に火を付けた。蠟燭立てに起立するそれが、淡い光を放つ。ミルは壁際にある蠟燭にも、同じように光を灯していく。罅割（ひびわ）れた窓の模細工硝子（モザイク）がその光を雑に乱反射し、人々から忘れ去られた女神像を輝かせる。しかしその像は、顔と右腕が欠けていた。

夕日は完全に沈み、教会の外は暗がりが広がる。俺たちが灯した人工的な光だけが、ここに存在する唯一の光源だ。

その光に照らされた影、イマジニットは、俺の姿を確認して小さくつぶやいた。

「お前、『復讐（ふくしゅう）屋』か？」

「悪いが、先に入らせてもらっているよ」

蠟燭に火を付け終えたミルが祭壇前まで戻ってきて、汚れた長椅子に腰掛ける。その隣に、俺は音も立てずに佇（たたず）んでいた。どんな顔をしていたのか、今では確かめようもない女神像を背に、俺はイマジニットと向き合う。

イマジニットは先程長椅子に置いたそれを懐にしまい、自分でつけた洋灯を手にすると、怪訝（けげん）そうな顔でこちらを見つめる。その様子を見て、俺は思わず少しだけ笑った。

「どうした？　こっちに来ないのか？」

「……頼まれてた品は、店まで持っていくと手紙に書いただろ？」

イマジニットが声を小さくしながら、辺りを見回した。『幸運のお守り』の名前を迂闊に出して、冒険者組合に気づかれたくないのだ。そんな彼に向かって、俺は思わず苦笑いを浮かべる。

「この時間に、しかも廃墟になった教会まで来る奴なんて、そうそういないと思うがな」

「こっちも危ない橋を渡ってるんでね。念には念を入れたいのさ」

俺は解剖刀を取り出すと、教会の床に向かってそれを投げ放つ。それは既に腐っていた床板を砕き、深々と突き刺さった。そして俺は、切除を発動させる。解剖刀が砕かれ、粒子が洋灯の光に照らされて煌めいた。

「安心しろ。俺の技能で、この教会から漏れ出る音は全て殺し尽くした。どれだけ騒いでも、俺が技能を解かない限り、この教会で話した会話を誰かに聞かれる事はない。だから『幸運のお守り』の事をここで話しても平気さ。たとえ誰か、冒険者組合に所属する誰かが教会の外にいたとしても、声を聞かれる心配はない」

「……へぇ、そいつはありがたい」

イマジニットは暗い瞳を輝かせ、こちらに向かってゆっくりと歩みを進めてくる。その度に床が軋み、不気味な音を立てた。

「それじゃあ『復讐屋』、商談を始めるとしようか」

　そう言ってイマジニットは、先ほど懐にしまっていた、路地裏で金と交換した小瓶を取り出した。それは昨晩ジェラドルに酒場で見せてもらったものと、全く同じものだった。

その輝きを見て、イマジニットの口角が吊り上がる。

「こいつがご所望の、『幸運のお守り』だ」

「その前に、まずは礼を言わせて欲しい。そのお守りを手に入れる目途が立った時点で律儀に手紙をくれて、本当に助かったよ。しかも、こんなにも早くにな」

「……何だ？　たとえあんたでも、少し褒めた程度じゃそこまでこいつの値は下げないぜ？」

「安心しろ。そんなつもりは毛頭ない。助かったのは、お前がどうやって『幸運のお守り』で稼いでいるのか、その手法や背景を理解出来たからさ」

　イマジニットの表情が、固まる。

「お前、さっきの取引を見ていたのか？」

「ああ。お前がその『幸運のお守り』、いや、霊的喪屍を手に入れたのをな」

　霊的喪屍とは、書いて字の如く、屍を喪した霊、つまり魂の事だ。腐死者が肉体が死靈呪法により死に囚われているのだとしたら、霊的喪屍は肉体から切り出された魂が死に囚われている状態と言っていいだろう。生霊と近しいものだが、生霊はまだ自分の魂が入っていた肉体が生きているのに対し、霊的喪屍は肉体が完全に死んでいるという違いがある。

「『冒険者』の中にも吸血鬼（ヴァンパイア）を怖がって、このお守りに手を出した奴がいてね。運気を向上させるだけではなく、病気まで治るというのでどんな『魔道具』かと思えば、実物を見て驚いたよ。まさか、他人の魂を身代わりに不運や病を押し付けている『呪術具』だったなんて。俺も実物は初めて見た」

　何かしらの力を移管する付与魔法（エンチャント・スペル）の応用のようなもの、いや、死霊呪法との掛け合わせと言ってもいい。

　例えばお守りの利用者が、何かしら不利益を被るような事態に直面したとする。不利益を被ったという事実は、時間を巻き戻せない以上、受け入れるしかない。しかし、その不利益を誰が受け持つかは、《魔法》の力を使えば入れ替える事が出来る。

『幸運のお守り』とはよく言ったものだ。お守りを利用している人の不運や病を他人に押し付ける、生贄（いけにえ）。それが『幸運のお守り』として魂を閉じ込められ、帰るべき肉体すら消し去られた、霊的喪屍というわけだ。

「流石（さすが）、『復讐屋』。その通りだ」

　イマジニットが手を叩（たた）き、笑みを浮かべる。それが師匠の笑みと重なって見え、舌打ちしそうになるのをどうにか堪（こら）えて、俺は言葉を紡ぐ。

「それだけじゃない。お前がさっき取引した相手は、こんなものも持っていたよ」

　そう言うと、ミルが俺に向かってあるものを取り出した。それは二つ針の付いた筒のようなものと、透明な液体が入った小瓶。筒のようなものは俺のいた世界で言う注射器のようなもので、小瓶は厳重に封がしてあり、密閉されているような状態だった。イマジニットの顔色が変わる。

「……まさか、そっちにまで手を回していたとはな」

「仕事をきっちりこなすのは、信頼関係を築くために必要な事さ。まぁそれも、金次第というのはあるがな」

　口角を吊り上げ、俺はミルから注射器と小瓶を受け取る。それを手で弄びながら、俺は口を開いた。

「こいつは恐らく、霊的喪屍を作るための専用の道具一組（キット）だ。首筋にこいつを刺し、透明な液体を注入。この液体が――おっと、勘違いしないでくれ、イマジニット。俺は何も、この件を冒険者組合（ギルド）に言うつもりはないんだ」

　俺が話している最中、中腰になり背中へ手を回したイマジニットに向かい、手を上げる。

「もし俺がお前を冒険者組合へ突き出すつもりなら、そもそもお前がこの教会に入ってきた時に取り押さえているはずだろ?」

「……確かに、それは、そうだな」

イマジニットはミルの方を一瞥すると手を前に戻し、今度は俺を睨みつける。

「なら、何故そんな話を私にする？」

「さっき、お前が自分で言っただろ？」

「……なるほど。商談か。私がどうやって儲けを出しているのかがわかったと、先ほど言っていたな。その答え合わせをしたい、という事か」

彼は合点がいったと言わんばかりに、声を上げて笑った。そして俺に問いかける。

「どこからどこまで気づいている？」

「全部だ」

「全部？」

「最初から最後までだと、そういう意味だよ。答え合わせをしようか？」

そう言って俺は、自嘲気味に笑みを浮かべる。

「まずお前は、霊的喪屍で儲けるために、魂を集める必要があった。そして最初に目を付けたのが、死に関する魔物、屍食鬼だ。お前は屍食鬼が死に親和性が高い事と人族との間に子供を産める事を利用し、霊的喪屍に屍食鬼の子供を使う事を思いついた。だが、それが上手くいくか、お前は試す必要があった」

「そうだ。私が最初に思いついたのはあくまで可能性であって、本当にそれが上手くいくという明確な確証を持ち合わせていなかった。突然屍食鬼を大量に引き入れるわけにはいかない。失敗した場合、私の身が危険だからな。そこで屍食鬼の雌、奴らは顔がいいが、その中でも飛び切り顔の良い奴を選んで、ドゥーヒガンズに放った」

そしてその屍食鬼、スノーがケルブートと出会ったのだ。そしてその結末を、俺は既に知っている。イマジニットが、悔しそうに口を歪めた。

「屍食鬼の交渉も簡単だったよ。奴らも繁殖場所を求めていたからな。しかし、結局失敗した。屍食鬼である事が、バレてしまったんだ」

俺はケルブートの家を出る時、ミルと共に切除で気配を消していた。そのためイマジニットは俺たちの姿に気づかなかったのだろう。

「おかげで私の初期投資は、全て溶けてしまった。一シャイナの儲けも出ない。目の前が、本当に真っ暗になったよ」

「だがお前は、既に別の方法を思いついていた」

そう言うと、イマジニットはさも嬉しそうに笑う。俺はその時、スノーの今際の際の言葉を思い出していた。

「ああ、そうさ。私はあの屍食鬼をドゥーヒガンズに引き入れる時、奴から魂の扱い方を聞き出す事に成功していたんだ」

「そこからお前は、霊的喪屍に使う魂を、『冒険者』から集める方針に切り替えた。『冒険者』であれば、開拓者街道で行方不明になる事は多々ある。『冒険者』が死んだとしても、魔物に殺(や)られるなんて日常茶飯事。屍食鬼から聞いた魂を扱う、霊的喪屍として取り出す実験体にするには、丁度良かったんだろ」

「まさしくその通り！　『冒険者』ならいくら死んでも、不審に思われないからな。新米の『冒険者』であれば、特にそうだ。冒険者組合に割の良い依頼を出せば、金目当てにどんどんやってくる。それに地震に巻き込まれて地下迷宮(ダンジョン)に死体が飲み込まれるのも、都合が良かった」

　そしてその死体に群がり、地下迷宮に掠める女(ハルピュリア)が大量に集まっていたのだ。そうとは知らず、ニーネと彼女の仲間たちはイマジニットが出した依頼を受けて地下迷宮に潜り、ニーネ以外は命を落とし、ニーネも命を落としかけた。

　笑うイマジニットを横目に、俺は更に言葉を紡ぐ。

「そしてその後、スタウが俺に腐死者の討伐を依頼しに来た」

　俺はあの日、スタウから奇妙な依頼を受けた時の事を思い出していた。腐死者がかなりの数発生しているので、討伐して欲しいという依頼だ。

「最初、俺はスタウ自身を疑った。だが、あいつは人を騙(だま)すのに向いているような奴じゃない。更によくよく話を聞いてみれば、奴はお前から俺の事を聞いたというじゃないか」

「私は前から、お前に興味を持っていたんだよ。『復讐屋(ふくしゅうや)』という商売を知ってから、一度仕事をお願いしたいと思っていたんだ」

「……よく言うぜ。実験に失敗した大量の死体。魔物が処理してくれなかった分は霊的喪屍ではなく腐死者となり、ドゥーヒガンズの北西方面に向かった」

いや、イマジニットがなんとかドゥーヒガンズに向かわないように細工したのかもしれない。ドゥーヒガンズの周りは聖水（ホーリーウォーター）が撒（ま）かれていたし、誘導はしやすい状況は整っていた。

「だが腐死者が大量発生したとなれば、グアドリネス大陸にある冒険者組合は黙っていないだろう。だからお前は冒険者組合に気づかれる前にその後始末をする必要があり、結果全てを俺に押し付けようとしたんだろ？」

「心外だな。これでも『復讐屋』の事は事前に調べたんだ。実力をかっての依頼だよ」

その過程で盲目のエミィは命を落とし、ルソビツは自我を崩壊。ミルが天使族（エンジェル）としての力を振るった。

……そして俺は、『商業者』の一団を鏖殺（おうさつ）した。

俺は小さく頭を振った後、言葉を紡ぐ。

「恐らく、腐死者の大量発生後ぐらいだろう？　お前が魂の扱いに慣れてきたのは。霊的喪屍を作るために、お前は道具一組の作成に取り掛かった」

俺はミルから受け取った道具一組へ視線を送る。

「最初はあの道具一組、針は一つだったんじゃないか？」

「試行錯誤を重ねる過程で、今の形になったのさ。今の形に行きつく前は、大変だったよ。金に困っている奴ら、娼婦（しょうふ）や芸人（パフォーマー）に金を払っていくつか渡して、調査結果をまとめたんだ。結果として、魂を抜き出す対象へ適量の薬を注入し、全く日に当てなければ七日目に霊的喪屍が出来上がる、という所まで手段を確立する事が出来た。七日も生かすために、回復薬（ポーション）との調合なんかも重ねてね。試作途中は人によって効果が変わって即死したりする事があったから、調整が大変だったよ」

その調査期間中に、依存症のニラがこの道具に出会ったのだ。グリーミンドが店を出すための金だけでは、ニラはグリーミンドに道具一組を使おうとは思わなかっただろう。しかし彼女は、グリーミンドの首筋にそれを打ち込んだ。彼女の言っていた『商業者』、つまりイマジニットから手に入る金と、グリーミンドの軍資金があれば、ニラは借金を全て返す事が出来たからだ。

そして彼女は彼の首筋に何度も何度も注射器を打ち込んだ。上手くいく自信がなかったからだ。失敗したら、イマジニットからの金が手に入らなくなる。それはつまり、彼女が綺麗（きれい）な状態でグリーミンドと一緒にいられなくなる事を意味していた。ニラは、絶対に失敗出来なかったのだ。そしてグリーミンドは薬を打たれてから七日目で、霊的喪屍となった。

だが彼女は、グリーミンドと一緒にいる事は叶（かな）わなかった。

何事にも、出来る事と出来ない事はある。

「最終的に、二本針が一番薬を簡単に、そしてそれを首筋に薬を注入した方が霊的喪屍を生み出す確実性を上げる事が出来るという結論に辿り着いた。当然、それには屍食鬼から聞いた話を元に作った、魂を切り離すこの薬が必要だ」

そう言ってイマジニットは、懐から小瓶を取り出した。道具一式の透明な液体が入っている瓶と、全く同じものだ。

「この薬を、私は『人魂尊犯毒』と呼んでいる。無論、手の内がバレないようにするために、傷口が吸血鬼の噛み痕に見えるように工夫した。幸い七日間もあれば体内の血液は全部流れ出る。それに、霊的喪屍、『幸運のお守り』の効果に吸血鬼に襲われなくなる、なんて噂も追加した」

そこまで言って、奴は面白くて仕方がないとでも言わんばかりに、笑いを噛み殺す。

「もっとも、吸血鬼がドゥーヒガンズに入ってくる事はないから、襲われるわけがないんだけどな。冒険者組合の奴らは、私の思惑通りに動いてくれて笑いが止まらなかったよ」

「だがお前は、霊的喪屍の売買による利益を手に入れる前に、自分の足が付きにくくなるように、ドゥーヒガンズ内で道具一組をばら撒いた」

そう、イマジニットが未だ冒険者組合の手から逃れられているのは、道具一組がばら撒かれ、それを持っている人ならば誰でも霊的喪屍を生み出せるような状況があるからだ。

「イマジニット。お前は道具一組を今の形に確立させる過程で築いた関係性を使い、更に完成した道具一組をばら撒いたんだ。当然、もう金を払う必要はない。今度は道具一組を使って作った『幸運のお守り』を高く買い取るとでも言って、実際自分でも買い取ってみせて、そのうえで道具一組を販売したんだ。それも、人魂尊犯毒を一人分ではなく、二人分ぐらいの量を追加して、な」

イマジニットが言っていた通り、金銭的に困っている人が『幸運のお守り』で利益を得るために、道具一組に手を伸ばす。だが、道具一組を使う側も人を殺すという危険が常に付きまとう事になる。ならば、『幸運のお守り』で一度利益を手にした人は、危険性が低く、かつそれなりに利益が得られる方法を考えるはずだ。

例えば、まだ薬が一人分残っている道具一組を転売するとか。

「私が道具一組を販売していたのは、実験数が一番多い『冒険者』に道具一組を使うよう煽(あお)った所までだよ。後は組合の非会員へ『幸運のお守り』が儲かる、という情報を与えてやれば、金のない奴らは勝手に集まって来る。特にドゥーヒガンズの東と南区画に住む奴らは喜んで飛びついてきた。そしてたまに道具一組を売り、『幸運のお守り』がどの辺りで購入出来るのか？という情報を売れば、市場は勝手に大きくなってくれるのさ」

順番が、逆なのだ。『幸運のお守り』が流行(はや)ってから吸血鬼(ヴァンパイア)騒動が起きたのではなく。

『幸運のお守り』を作るために道具一組が出回ったため、騒動が起きたのだ。

そして『幸運のお守り』を求める人も、徐々に増え始めていた。『幸運のお守り』の売買に絡もうとする人が増え、道具一組の需要が増える。だからイマジニットは、仕入れ専門なのだ。道具一組は使い切り。いずれはなくなる薬を、屍食鬼から情報を得て人魂尊犯毒を作れるイマジニットだけが生み出す事が出来る。これは奴だけの、独占市場だ。

後は道具一組が不足した頃合いを見計らい、道具一組を高値で売ればいい。その販売経路は、既に実験を通して確立している。無数の卸先とは、この事を言っていたのだろう。イマジニットは『幸運のお守り』で稼いでいるが、それを取り扱って利益を上げているわけではない。『幸運のお守り』を生み出せる、道具一組で儲けを生み出しているのだ。

俺は心の底から、称賛の拍手を送る。

「これじゃ『幸運のお守り』だけ追っている冒険者組合がお前に辿り着くのは難しい。道具一組はもうイマジニット以外も転売しているし、『幸運のお守り』の売買に至っては、もうお前の手から完全に離れている。これからはたまに花へ水を与えるが如く、お前の生み出した『幸運のお守り』市場へ道具一組を与えてやればいい」

そこまで言って、俺は一度言葉を噤んだ。そして再度、イマジニットへ視線を向ける。

「お前、妖術師だな？」

以前ジェラドルが話していた言葉が、脳裏を過る。グアドリネス大陸に妖術師がやって来たと話を聞いたのは、スノーの事件とも時期が重なる。もっとも、ジェラドルがその情報を知ったのはかなり後で、その時には既にイマジニットの手でスノーはドゥーヒガンズへ送り込まれ、ケルブートとも出会い、身籠っていたのだろう。

そして妖術師は死霊呪法（ネクロマンス・カース）に特化した天職（クラス）だ。であれば、死に関した魔物（モンスター）である屍食鬼（グール）ともイマジニットは交渉は可能だろう。ルソビッツが妖術師の気配を感じたというのも、腐死者（ゾンビ）が大量発生した時期とも重なる。この妖術師は、シエラ・デ・ラ・ラメの近くに腐死者を大量移動させた後、何食わぬ顔で俺に腐死者討伐を依頼したのだ。ルソビッツが感じた妖術師は、エミィの魔除け（タリスマン）が反応したのは、その時現れたであろうこいつの事だったのだ。

イマジニットは、俺の言葉を肯定するように笑う。それは師匠の笑みと同じく、熟れた毒林檎（りんご）が弾（はじ）けたかのような表情だった。

「その通り。お前も私の計画がよくわかったな、『復讐屋』。もはや『幸運のお守り』はそれを生み出した私自身でもなかなか手に入らないものになってしまったよ。お前に頼まれて、わざわざ自分で買いに行った程だ」

「……俺も気づいたのは、つい最近さ」

間抜けな話だ。気づく機会はいくらでもあったのに、本当に、俺は間抜けだ。ジェラドルから『幸運のお守り』の話を聞かなければ、そして実物を見なければ、この件を俺は永遠に気づけなかっただろう。

　顔を伏せ、俺はイマジニットに問いかけた。

「グアドリネス大陸に来て、お前は一体何人殺したんだ？」

「ん？　不思議な事を聞くな、『復讐屋』。お前はそんな事、いちいち数えているのか？」

　……確かに、愚問だったな。

　苦笑いを通り越し、腹の底が煮えたぎる程笑えて来る。その笑みが顔に出ていたようで、しかし俺の笑みをイマジニットは違う意味に受け取ったようだ。

「どうだ？　『復讐屋』。私と組まないか？」

「……何？」

「そもそもお前は、私を冒険者組合に突き出すつもりはないのだろう？　それに、お前は十分な報酬があれば、その仕事をこなす奴だ。私が道具一組を売り、道具一組で生まれた死体をお前の所に持ち込み、『幸運のお守り』を作る。お前が協力してくれれば、安全に、そして大量の『幸運のお守り』が作り出せるんだ！　お前とならもっと莫大な金を生み出せるっ！　どうだ？　私と一緒に、一儲けしようじゃないかっ！」

　身を乗り出し、そう言うイマジニットに、俺は首を振る。

「悪いが、それは出来ない」

「何故だ？　報酬なら十分支払うぞ！」

「そうじゃない。お前はもう、『幸運のお守り』で利益を上げる事が出来なくなる。だから、出来ないんだ」

「何？　どういう事だ？」

俺の言っている事が理解出来ないのか？　イマジニットが眉を顰める。

「だが、お前は私を冒険者組合には――」

「そうだ。冒険者組合は関係ない。俺は自分の一存で、お前を殺す」

イマジニットは、驚愕の表情を浮かべた。

「な、何を言っているんだ？　そんな事をしても、この吸血鬼騒動はすぐには収まらないし、お前に一シャイナも得にはならないぞ！」

「わかっている」

そう言って俺は、解剖刀を抜き放つ。洋灯の光に照らされ、それは俺の殺意を宿したように、鈍色に輝いた。

「だが、殺す」

イマジニットが、理解出来ない、未知の生物と出会った時のような、なんと言ったらいいのかわからないという顔になる。

わからなくても構わない。理解されなくても構わない。

お前がいたからミルが天使族だとバレそうになったという、その事実。その事実があるだけで、俺がお前を殺す立派な理由になる。

イマジニットがグアドリネス大陸にやって来た。その結果、ルソビツが狂った。狂ったルソビツに襲われなければ、ミルはシエラ・デ・ラ・ラメごとあの石像鬼(ガーゴイル)を破壊する事もなかった。

ミルがあの塔を破壊する事がなければ、『商業者』の一団が天使の翼を見る事も、天使族、その死体も売れるという話も出なかった。

彼らがミルに危害を加えるような発想をしなければ、俺は彼らを殺さずに済んだ。

何事にも、出来る事と出来ない事はある。

しかし、俺はこう思うのだ。

殺さなくていいのなら、殺したくはない。

死ぬ必要がないのなら、誰しも生きていて欲しい。

ケルブートやスノーの悲劇も、ニーネを守り散っていった、そして俺が知らない所で死んでいった新米『冒険者』たちの無念も、エミィが腐死者となる事も、その変わり果てた彼女をルソビツの手で葬り去る事も、グリーミンドとニラのすれ違いも、ドゥーヒガンズで霊的喪屍を生み出す代わりに誰かの命が消えゆく事も、必要がないなら、起こらなくていいなら、起こるべきではないんだ。

殺しの才能があるからと言って、俺はむやみに誰かを殺したいとは思わない。反対に、捨てられるものならこの才能を捨て去りたいし、救える命があるのであれば、救いたい。

何事にも、出来る事と出来ない事はある。

それでも俺は、殺す事しか出来ないだろう。それでも殺す時は、誰かの命を屠る時は、納得してそれを実行したい。殺す理由をミルに求めても、金に求めても、それはきっと、俺の我儘だ。誰のせいでもなく、自分の意思だ。

だから俺は、これからも殺すのだろう。

自分の一存で、身勝手で、命を奪うのだろう。

だから俺は——

「俺は一身上の都合で、お前に復讐する」

しかし、それでも、僕は誰かを救いたいのだ。

なら、どうすればいい？

『復讐屋』として、殺しの才能に恵まれた俺は、どうすればいい？

決まっている。

殺す。

ミルに危害が及んだから、殺す。

霊的喪屍になる人が減るから、殺す。

殺す事で誰かが死なずに済むから、殺す。

そう。それ以外、俺には何も出来ないのだから。

「ふざけるな！　死ぬのはお前の方だっ！」

『幸運のお守り』を懐にしまいながら、イマジニットは激昂した。次の瞬間、彼の周りに暗黒の霧が漂い始める。死靈呪法を発動させたのだろう。その深淵に触れ、イマジニットの近くの長椅子が、床板が腐り落ちた。まるで、その存在の生命を失ったかのように。

「死ね、『復讐屋』！」

しかし、その叫び声の内容とは裏腹に、イマジニットが操る黒い霧はミルの方へと殺到する。触れるもの全てを朽ち果てさせるそれに向かい、俺は解剖刀を投擲し、切除を発動。霧を弾け飛ばす。だが、既にイマジニットは新しい霧を生み出し、その闇色の腕をこちらに伸ばしていた。それに触れられた教会の床が、椅子が、柱が、天井が腐蝕され、腐植し、腐食される。天使族の翼程ではないが、殺した後すぐに《魔法》を発動されるのは鬱陶しい。

俺は四方八方に解剖刀を放ち、切除を乱れ撃つ。金属が砕ける金切り音の断末魔が響き、イマジニットが伸ばす漆黒の手を霧散させた。

金属と闇の粒子が、宙を漂う。その間を抜けて、俺が投げ放った解剖刀がイマジニットの眼前に迫っていた。それがイマジニットに触れる直前、俺の行動を予見していたのか奴の死靈呪法が発動し、彼は間一髪の所で即死のそれから体を黒霧で防いで生き延びる。

だが、流石（さすが）に無傷ではいられない。切除を防いだその反動で、イマジニットは後方へ吹き飛ばされた。

彼がぶつかった拍子に床が剝がれ、椅子は木片へと分解、蠟燭（ろうそく）の炎は掻（か）き消えて、窓の模細工硝子（モザイクガラス）は砕けて雨となり、俺たちに降り注ぐ。イマジニットが手にしていた洋灯は床にぶつかって砕け、散らばる木っ端に火を付けた。教会の中に、消えた蠟燭以上の炎と新たに煙が生まれる。

イマジニットは、入り口の扉まで跳ね、そして回転しながら転がって無残な姿になった。しかし彼はそれでも自分の上に載っていた木片と硝子を払い除（の）け、俺を睨（にら）みながら立ち上がる。服は破れ、所々血が滲（にじ）んでいた。

俺はその視線を平然と受け止め、解剖刀を取り出しながらゆっくりと奴に向かって歩いていく。ミルも立ち上がり、俺の後をついてきた。

「くそっ！」

悪態をつくイマジニットが、俺に向かって手を伸ばす。それと同時に、俺は解剖刀を投げ放っていた。イマジニットが発動した死靈呪法と俺の切除がぶつかり、衝撃波が生まれて闇色の霧が掻き消える。それが消え去る前に、解剖刀が妖術師の体を貫いた。

驚愕の表情を浮かべる前に、イマジニットが獣の如き悲鳴を上げて吹き飛ばされる。妖術師の咆哮（ほうこう）に後押しされたように、燃え盛る炎が更に勢いを強めた。砕けた解剖刀がその炎の明かりを反射して、辺りを紅に照らす。

イマジニットの行動を予想して、俺は解剖刀が一直線に並ぶように、二本投げていたのだ。奴の《魔法》を消すために一本、もう一本がイマジニットを殺すためのものだ。

……終わったか。

俺の解剖刀は、確実にイマジニットの体に突き刺さった。切除は、確実に発動している。

解剖刀をしまい、俺はピクリとも動かない妖術師の下へと向かう。

……亡骸ぐらいは、ジェラドルに引き渡してやるか。

イマジニットの発言以外に、『幸運のお守り』を作っていた元締めが奴だという決定的な証拠はない。だが、ドゥーヒガンズに紛れ込んでいた妖術師に襲われ、返り討ちにしたと言えば、流石にジェラドルもいくらか金を用立ててくれるはずだ。

……金を出すのは、冒険者組合になりそうだけどな。

口元を緩めて、俺はイマジニットに向かって左腕を伸ばす。が、逆にその手が摑まれた。

俺の左腕を摑んだのは、イマジニットの右腕だった。

技能は確実に発動したのに何故？と疑問が湧くが、その答えは奴の胸辺りに出来た硝子片を見た瞬間、すぐにわかった。

……『幸運のお守り』かっ！

俺の依頼で入手した『幸運のお守り』を使い、俺の攻撃を肩代わりさせたのだ。切除を身代わりに受けた『幸運のお守り』は耐えきれなかったのか、瓶ごと粉々になったのだろう。だが、それがわかった時にはもう遅い。死合いの間合いは、俺の苦手な近距離戦闘へと移っている。

イマジニットの口が、嫌らしく歪(ゆが)んだ。今の俺の表情を見て、奴はそんな表情を浮かべているのだろう。だが、イマジニットは勘違いをしている。俺が絶望の表情を浮かべているのは、そんな理由ではない。決して、イマジニットの死靈呪法(ネクロマンス・カース)を恐れての事ではない。俺が恐れているのは、その逆だ。俺が近距離戦闘で不利な状況になれば、問答無用で――

「第二保全対象、チサトにおいて脅威の接近を観測しました」

無機質な声がミルの小さな唇から零(こぼ)れ落ちた。彼女の背中から、光の翼が現れる。

「安定状態(スリープモード)解除。殺戮武装(ジェノサイド・ウエポン)、《翼》の展開を実行――失敗。左翼への接続途絶。再起動(リスタート)します。――成功。右翼を展開します」

……まずいっ!

ドゥーヒガンズの中でミルが全力を振るえば、もはや誰にもごまかしが利かなくなる。少なくとも、ドゥーヒガンズに住む全ての住人がここに天使族がいると知るだろう。それだけは、どうしても避けなければならなかった。だが、シエラ・デ・ラ・ラメでの経験を

経て、一応の策を俺は練っている。完全に力技で、上手（うま）くいく保証は全くないが、これに賭けるしかない。

ミルの翼に気を取られているイマジニットの隙を突き、俺は自分の技能で左腕を切断。右手で四本解剖刀を引き抜くと、ミルの翼に向かって投げ放ち、切除を放った。解剖刀は稲妻の如（ごと）きそれに当たり、砕けてすぐに飲み込まれる。だがその翼は地下迷宮（ダンジョン）の時のように、弾（はじ）かれない。だが、ある効果が発生していた。

ミルの翼の威力が、減衰しているのだ。

俺の策は、ミルの翼の威力を殺す事だ。

彼女の攻撃は強力にして強大、強靭（きょうじん）過ぎる。だから完全に防ぎ切る（翼を殺す）のではなく、許容出来る範囲内までに収める方針にしたのだ。しかし、あの翼の力をすぐに殺せるわけがない。時には弾き、そして時には減衰させる力を、俺は解剖刀に別々に込めて切除を繰り出す必要があった。更に、弾かせる方向も間違えると翼が教会を突き抜けてしまうため、俺が迎撃出来る選択肢も限られている。

そもそも、解剖刀に宿らせる力を間違えたら俺も死ぬし、ミルも天使族である事が明るみに出てしまう。

……一手でも間違えたら、全てが終わるっ！

まるで進めれば進めるほど、成功の難易度が上がっていく手術をしているような気分だ。

しかし、やり遂げなければならない。彼女を、ミルを、俺は守る（殺す）と決めたのだから。だから俺は更に解剖刀（メス）を引き抜き、ミルを殺す（守る）ために自らの才能の全てを叩（たた）きつける。

解剖刀が翼に当たり、紫電が迸（ほとばし）った。だがすぐにそれらは翼に飲み込まれ、溶かされていく。翼が解剖刀を食らっている間に、俺は新たな解剖刀を投擲、切除を発動し続けていた。

解剖刀が雷の如き翼とぶつかり合う度火花が飛び散り、雷鳴が轟（とどろ）く。紅雷が巻き起こり、それに巻き込まれてイマジニットが絶叫しながら俺の左腕ごと延焼した。だが、それに構っている暇はないし、その叫びを聞き届けている余裕が俺にない。

床が捲（めく）れ、長椅子は爆風に巻き込まれて木っ端となる。蠟燭立ては避雷針のように稲妻を一身に受けて、その熱量に耐えきれずに溶け落ちた。女神像は、既に跡形もなく粉砕して消し飛んでいる。ただひたすらに、俺は翼を殺すために解剖刀を投げ続けていた。

それは、永遠にも続く不毛なやり取りのように思えた。いや、あるいはそれは、ほんの一瞬の出来事だったのかもしれない。

ともかく、気づいた時には、終わっていた。

教会の屋根まで燃え上がり、そこら中から炎が立ち上っている。床は、底が抜けていないのが不思議な有様で、しかしそれも時間の問題だろう。何れ（いず）にせよ、この場所がもうすぐ燃焼し尽くすのは決定的だ。だが、天使の翼の影響は、どうにかこの教会の中に制限する事に成功した。

　息も絶え絶えな状態で、残り一本となった解剖刀を持って膝をつく俺の傍（そば）に、全裸のミルがやってきた。

「そーごほかんかんけー」

「……わかっ、てる」

　立ち上がり、自分の上着をミルに巻きつける。右腕だけなので、やり辛（づら）い。少し手間取っていると、壁際から物音が聞こえてきた。

「う、そ……」

　それは、全く想定外の出来事だった。俺とミルとの攻防に耐え切れなかった教会の外壁が崩れ落ち、その向こうには一人の獣人（セリアンスロープ）の姿が現れる。

　行方不明になっていた、ニーネ・イペムだ。

　混乱しながらも教会の中へ入ってくるニーネに、俺は問いかける。

「お前、何でこんな所にいるんだ？」

「え、アタシは、『幸運のお守り』の出どころを調べてたら、クライトンたちと受けた依頼元の『商業者』の名前が出てきて、怪しいから一人で調べてたんだけど。それより、これってどういう状況？　この教会、物音一つ聞こえなかったけどすっごい揺れてるし、何でこんなにめちゃくちゃになってるの？　火事も起きてるし！　そ、それにその子、天

――」

その先の言葉を、ニーネは紡ぐ事が出来なかった。彼女の口から、血が溢れ出したからだ。彼女の心臓には、刃物が突き刺さっている。

俺が投擲した、解剖刀だ。

それは忠実に切除の威力を発揮し、ニーネの命を刈り取っている。

……悪いが、ミルが天使族だと知った以上、お前を生かしておく事は出来ない。

彼女は自分の命が尽きた事に、気づきもしなかっただろう。ニーネの体が倒れ、彼女の血が炎に炙られる。食道から逆流したのか、ニーネの口から、鼻から、そしてその両眼から、血潮が流れ落ちた。不思議そうな、それでいて生気を感じさせない瞳が、血涙を流すそれが教会中に広がる紅の炎と、俺を見つめる。

「チサト」

獣人の血塗られた瞳に映る俺の手を、ミルが握りしめた。妹と似た少女が、嘉与と瓜二つの少女が、あの時の記憶を、前の世界の俺の記憶を呼び覚ます。

嘉与の手術が成功して、直後に起こった地震。崩れ落ちる機材。降り注ぐ部材。妹を守るため、無我夢中で僕は覆いかぶさった。かぶさったんだ。そう、あの時僕は、解剖刀を手にしていた。だから無我夢中で覆いかぶさって、地震で二次部材の下敷きになって。

僕の手にした解剖刀が、嘉与の喉元に突き刺さったんだ。

その時また大きな揺れがあって、僕と嘉与は手術室の床に投げ出された。その反動で嘉与の瞼（まぶた）は開き、自分から流れ出た血溜（ちだ）まりの中、妹の瞳は、確かに僕を見つめていた。暗い瞳に、僕は確かに映っていたんだ。そして彼女の血が頬を伝い、瞼まで辿（たど）り着いて、血の涙を流しているように見えたんだ。そして、彼女は言った。

『た　す　け　て』

幻聴だと、幻覚だと、前の世界で何人の医者にもそう言われた。でも、僕にはそう聞こえたのだ。そう、嘉与の口が動いたように見えたのだ。

今でも、あの感触を覚えている。生きている生物を、妹を、救いたいと思っていた嘉与を、自分の手で殺した、喉元に解剖刀を突き刺した、刺殺した、あの感触を。

それから僕は、生きている存在に刃物を立てる事が出来なくなった。生きている魚も捌（さば）けない。だから僕が料理をする時、既に死んでいる生物しか捌く事が出来ないし、切除（レセクション）を放つ時は必ず解剖刀を投擲（とうてき）している。近距離戦闘が不得手なのは、直接相手を僕が斬りつける事が出来ないからという理由も大いにある。生きている人の手術をする事も、僕は出来ない。

だからアブベラントにやってきて、天職(クラス)が暗殺者(アサシン)だと言われた時、本当に絶望した。僕が妹を救おうと前の世界で積み重ねてきた事が全て無駄だと、逆に嘉与を殺すためだったのだと言われたような気がしたから。

そんな事はない。そんなわけがない。僕は、妹を、嘉与を救おうと全力を尽くしてきた。それをこの世界に否定されたくなくて、女々しくあがいていた時期もあった。

でも、それは全て無駄だった。自分は、何かを殺す事しか出来ない。その絶望を呼吸をするように突きつけられながら、それでも目の前で消えゆく命や悲劇を救えないかと足掻(あが)き、心臓が脈打つ速度で挫折を味わわされた。

そして、自堕落にこの世界で生きていたある日、出会ったのだ。

嘉与そっくりな、天使族に。

そして、見てしまったのだ。最初の戦闘で俺が彼女を傷つけ、その額から流れた血が瞼を伝って、血の涙を流すような嘉与の顔を。

だから僕は、思い出してしまったのだ。嘉与が今際(いまわ)の際(きわ)につぶやいた、あの言葉を。

『た　す　け　て』

あの時の事を、僕が嘉与を殺した時の事を思い出さないわけがなかった。だって、まだこの手に妹を刺殺した時の感覚が残っているのだ。その時聞いた彼女の言葉が、口の動きが、たとえ見間違いだったとしても、僕の脳細胞に刻み込まれている。忘れるわけがない。忘れようがない。

だから俺は、ミルを助ける。彼女を守る。

その過程で、何人殺そうとも、何人見殺しにしようとも、構わない。

それが、俺の才能なのだから。殺すのが俺の才能であるならば。

殺し尽くす事で、彼女を、ミルを、妹を、嘉与を守って(殺して)みせる。

何事にも、出来る事と出来ない事はある。

そうだ。俺はきっと、殺す事しか出来ないだろう。それでも殺す時は、誰かの命を屠(ほふ)る時は、納得してそれを実行したい。殺す理由をミルに求めても、金に求めても、それはきっと、俺の我儘(わがまま)だ。誰のせいでもなく、自分の意思だ。

だから俺は、これからも殺すのだろう。

自分の一存で、身勝手で、命を奪う(殺す)のだろう。

しかし、それでも、俺は誰かを救いたい(殺したい)のだ。

たとえそれが、ただの代償行為、いや、それ以下のものであったとしても。

それでも俺がこの世界で、自分の望みの一端も叶(かな)える事が出来ない俺が見つけた、望みと呼ぶには仄暗(ほのぐら)く、それでも、それがなければ歩いていられない灯火(ともしび)のようなものだから。

俺はその篝火(かがりび)を、ミルを右腕で引き寄せ、背中から抱きしめる。暗殺者の俺の腕では、一人を抱きしめるのですら難しい。

天井が燃え尽き、それが落下。炎が弾け、もはや物言わぬ死体となったニーネの顔が、煌々(こうこう)と照らされる。照らされた彼女の顔は、自らの血で死化粧が彩られていた。

俺はそれを横目に回復薬(ポーション)を使って左腕を修復させると、イマジニットの死体を探す。焼死体となったイマジニットを見つけると、俺は俺の左腕を引き抜いた。そしてその後、妖術師(ウィッチクラフト)の死体をニーネの死体の傍に置く。このまま教会が延焼すれば、ニーネを殺したのはイマジニットという事になるだろう。

……もっとも、この死体がイマジニットだという事に気づく奴(やつ)は、いないだろうがな。

ニーネ殺しをイマジニットに被(かぶ)せるため、イマジニットの存在を俺がジェラドルに言えるわけがない。一方でニーネは手斧(アッズ)などの装備から、身元を特定される事は十分にあり得る。ニーネは身元不明の不審者と出会い、懸命に戦った結果名誉の死を迎えた、という結論が出るだろう。

そしてニーネの死に、冒険者組合(ギルド)もそれ以上の時間を割く余裕はない。彼らの中では、まだ吸血鬼(ヴァンパイア)騒動は収まっていないからだ。

吸血鬼騒動と『幸運のお守り』を結び付けられない限り、ドゥーヒガンズに来もしない吸血鬼の対応を冒険者組合は優先せざるを得ない。聖水（ホーリーウォーター）が効かない吸血鬼がいる可能性を消せない限り、この町で人々が安心して暮らしていけないのだから。

そしてこの騒動は、まだもう少しだけ続くだろう。

……道具一式が市場に出回っているうちは、まだ死亡者も出るだろうからな。

そうすればまた『幸運のお守り』が市場に流れ、冒険者組合はそちらの対応にも頭を悩ませる。しかし、肝心の人魂尊犯毒（クー・ド・プードル）を作れるイマジニットが死んだ今、この騒動は時間が解決してくれる事だろう。

何れにせよ、これでミルが天使族だと気づいた存在はいなくなった。

伽藍堂（がらんどう）の瞳で虚空を眺めるニーネの亡骸（なきがら）を一瞥（いちべつ）した後、俺はミルの手を引いて、燃え盛り、崩れ落ちる教会を後にする。

ミルが無表情に、俺の方を仰ぎ見た。

「おなかすいた」

その言葉に、俺は笑って頷（うなず）いた。

すすの臭いに、俺は思わず顔をしかめた。

質の悪い蠟燭だが、使い切らずに捨てるのも勿体ない。俺は当面、この臭いを嗅ぎ続ける事になるだろう。

まだ昼間の時間だが、今日は少し曇っている。燐寸を擦って、更に俺は別の蠟燭に火をつけた。いつもの通りにすすの臭いを逃すため、窓を開けて風を呼び込む。これで手元も見えやすくなるだろう。蠟燭の炎が揺れ、目の前の骸の影も揺らめいた。脂汗を拭い、今日も俺は持ち込まれた死体の相手をしていく。

被害者の死因は窒息死。窒息は一般的に肺胞へ酸素が到達せず、血液に酸素が供給されない事で引き起こされるが、この遺体の場合、頸部血管の閉塞、つまり脳への酸素供給の遮断が窒息の原因だった。この頸部圧迫は首を吊ったような自分の体重で喉を絞める縊頸、紐で喉を絞められたような絞頸、手で首を絞められたような扼頸の三分類あるが、この死体は絞頸に分類出来る。頸部を絞搾した痕、索痕がほぼ水平に走り、その痕が後頸部まで綺麗に残っていた。顔面もうっ血している。しかし、扼頸の特徴でもある扼痕も存在していた。扼痕は加害者の手を取り除こうと被害者が抵抗する時に出来る痕で、前頸部や側頸部に半月形の爪痕が残っている。

死体の喉に触ると湿り気が残っており、僅かながら粘り気も感じた。遺体の扼痕からは、車厘状(ゼリー)の物質も検出される。そしてそれは、被害者の爪からも検出された。

……なるほど、『軟泥(スライム)』を取り除こうとしたのか。

遺体の扼痕、そして爪に残っていた車厘状の物質は、軟泥の一部だ。つまり、この被害者は、軟泥に首に巻きつかれて窒息死したのだ。軟体の軟泥であれば、首に巻き付く事が出来る。故に紐で喉を絞めたような痕跡が残る。

そしてその軟泥を、被害者は取り除こうとした。だが、軟泥は軟体。被害者の手は軟泥の体を通り過ぎ、自分の喉へ容易に到達する。被害者は、それでも軟泥から自分の喉を守ろうと、自分で自分の首を摑(つか)んだ。そしてそのまま軟泥に絞殺され、扼痕が付いたのだ。つまり扼痕は加害者である軟泥に付けられたのではなく、被害者自身が自分の手で付けたという事になる。

解剖を終え、俺は報告書をまとめる。それが終わる頃には、日は少し傾いていた。

あれから、ドゥーヒガンズで天使族を見た、という話を聞かない。報告書をまとめて体を伸ばしていると、部屋の外からミルがこちらを見つめているのに気が付いた。

「におう」

「……わかってる」

解剖部屋の掃除をし、ミルと共に遺体を共同墓地へ運んでいく。荷台に死体と円匙。脇には聖水を抱えたミルがいる。いつもどおり過ぎる風景だ。

ドゥーヒガンズの墓地に遺体を埋め、少し早いが、ミルが洋灯に火を入れる。そして徐々に、墓地に闇の色が広がっていた。ミルが手にした聖水をその場に撒く頃には、空はもう薄暗くなり、夕暮れ時となっている。風が冷たさを増し、夜の香りがした。

日が、沈むのだ。

「ミル。たまには仕事を手伝ってくれてもいいんじゃないか？」

「そーごほかんかんけー」

つまり、手伝ってくれる気はないらしい。俺は溜息を吐く事しか出来ない。

こうして俺は、今日が終わる逢魔時を墓地で迎える。死体になった後も、俺に捌かれ、漁られ、暴かれた彼らが眠る、この場所で。

もう何時間もすれば、新しい日がやってくるだろう。

俺がやってきた異世界、アブベラントの一日が。

ミルが風に髪をなびかせながら、俺の手を握る。

それを見て、暗殺者は黄昏に笑った。

あとがき

はじめまして。この度、第8回オーバーラップ文庫大賞にて金賞を頂きました、メグリくくると申します。

人生初のあとがき、さて何を書こうとつらつら書いていたのですが、謝辞だけでページが不足してしまったため、僭越ながら感謝の密度を高めたあとがきとさせてください。

まずは、イラストをご担当頂いた岩崎美奈子さん。本当に、何であんなに素敵なイラストが描けるのですか？　新しいイラストが届く度に、岩崎さんにお願いしてよかった、本当によかった、と一人頷いております。本当にありがとうございます。

続いて、担当編集のOさん。いつも適切な助言を頂けるので、本当に助かっています。ご面倒をおかけすると思いますが、引き続きご助力賜りたく。

また、本作を世に出すにあたりご協力頂いた編集部の方々、校正さん、その他私の知らない所でご尽力頂いた多くの皆様に多大なる感謝を。

そして最後になりますが、稚拙な本書を手にとって頂けた読者の皆様に最大級の感謝を捧げさせて頂き、あとがきの締めとさせて頂ければと思います。

メグリくくる

暗殺者は黄昏に笑う 1

発　行　2022年1月25日　初版第一刷発行

著　者　メグリくくる
発行者　永田勝治
発行所　株式会社オーバーラップ
〒141-0031　東京都品川区西五反田 8-1-5
校正・DTP　株式会社鷗来堂
印刷・製本　大日本印刷株式会社

Printed in Japan　ISBN 978-4-8240-0080-4 C0193

オーバーラップ　カスタマーサポート
電話：03-6219-0850 ／受付時間 10:00～18:00（土日祝日をのぞく）

作品のご感想、ファンレターをお待ちしています

あて先：〒141-0031　東京都品川区西五反田 8-1-5 五反田光和ビル4階　オーバーラップ文庫編集部
「メグリくくる」先生係／「岩崎美奈子」先生係

PC、スマホからWEBアンケートに答えてゲット!

★この書籍で使用しているイラストの『無料壁紙』
★さらに図書カード（1000円分）を毎月10名に抽選でプレゼント!

▸https://over-lap.co.jp/824000804
二次元バーコードまたはURLより本書へのアンケートにご協力ください。
オーバーラップ文庫公式HPのトップページからもアクセスいただけます。
※スマートフォンと PC からのアクセスにのみ対応しております。
※サイトへのアクセスや登録時に発生する通信費等はご負担ください。
※中学生以下の方は保護者の方の了承を得てから回答してください。

オーバーラップ文庫公式 HP ▸ https://over-lap.co.jp/lnv/